捧 读

触及身心的阅读

罗刹海市

〔清〕蒲松龄 著

何殇 编著

贵州出版集团

贵州人民出版社

图书在版编目（CIP）数据

罗刹海市 / (清) 蒲松龄著；何殇编著. -- 贵阳：
贵州人民出版社，2024.4

ISBN 978-7-221-18287-6

Ⅰ.①罗… Ⅱ.①蒲… ②何… Ⅲ.①长篇小说－中
国－当代 Ⅳ.①I247.5

中国国家版本馆CIP数据核字(2024)第073510号

LUOCHA HAISHI

罗刹海市

〔清〕蒲松龄　著　何殇　编著

出 版 人	朱文迅	
责任编辑	徐楚韵	
特约编辑	张进步	
装帧设计	仙境设计	
责任印制	刘洪鑫	
出版发行	贵州出版集团　贵州人民出版社	
地　　址	贵阳市观山湖区会展东路SOHO公寓A座	
印　　刷	宝蕾元仁浩（天津）印刷有限公司	
版　　次	2024年4月第1版	
印　　次	2024年4月第1次印刷	
开　　本	889毫米×1194毫米　1/32	
印　　张	7.5	
字　　数	162千字	
书　　号	ISBN 978-7-221-18287-6	
定　　价	45.00元	

目　录

罗刹海市

马骥是商人的儿子，长相俊美，气度不凡。他自小风流倜傥，喜爱歌舞，常跟梨园弟子一起演戏，以锦帕缠头，扮成旦角，如绝色美人，所以还得了个"俊人"的雅号。

十四岁时，他又在郡中考取秀才，名噪一时。

马骥父亲年纪大了，身体不好，就主动停了生意，在家闲居。他想到自己日渐衰老，终有一日会西去，担心只会读书的儿子在世上受苦，就对马骥说："儿子啊，读书是好事，但光会读书可不行，饿了不能当饭食，冷了不能当衣裳，你还是接我的班，学着做生意吧。"马骥听了父亲的话，便开始学着做起了生意。

有一年，马骥跟人到海外经商，在海上遭遇风暴，船被狂风吹着漂了好几个昼夜，竟然来到一座海国。

马骥死里逃生，上岸歇息，发现此处的居民相貌丑陋，或鹰头雀脑，或鸟面鹄形，总之是面目狰狞，不忍直视。可是，那些人看见马骥，却大惊失色，惊呼妖怪，狼奔鼠窜，纷纷逃跑。刚开始，马骥不知道怎么回事，也跟着逃跑，后来才发现，别人都是在怕自己，反而坦然了。人生地不熟，饥肠辘辘，刚好利用这点，先活下来再说。于是，看见有人吃东西，他就扑过去，把人吓走，捡起那人丢下的食物充饥。

不久后，马骥来到一座小山村。村里倒是有一些长相正常的人，但一个个穷困潦倒，衣衫褴褛，活得如乞丐一般。马骥在树下休息时，那些村民也只是远远地看，不敢靠近。马骥笑着跟他们打招呼，他们却越发害怕。过了好长时间，有好奇者才敢试探着接近，直到他们觉得马骥不会吃人，才慢慢凑过来。

马骥试着跟他们攀谈，发现彼此语言虽不通，但大半能听懂。马骥就告诉他们自己的来历。村民们十分好奇，也十分欣喜，到处宣扬马骥并非吃人的妖怪。于是，有更多人来围观马骥。但那些奇丑无比的人只是看一眼就离开，且绝不靠近。只有那些五官端正，相貌与中国人相似者，才与马骥闲聊，并摆下酒菜，请马骥吃饭。

马骥问他们为什么害怕自己。

有个人回答说："我们曾听祖父说过，由此往西两万六千里，有一个国家叫中国，那里的人相貌怪异。原来只是听说，见到你才相信是真的。"

马骥又问他们为什么这么穷。

有人说："在我们国家，看重的不是文章，而是容貌。朝廷选官员是以貌取人，长得最好看的，当了朝廷的高官；稍微次一等的，可以当地方官；再差一点儿的，也能求得贵人的怜宠和赏赐来养家糊口。像我们这种长相的，一生下来便被父母当作不祥之物，大都被抛弃了。就算有个别不忍心抛弃的，也都是为了传宗接代。"

"这个国家叫什么？"

"大罗刹国，国都在此地往北三十里处。"

马骥请村民带自己到国都去观光。次日鸡叫时分，他们动身前往大罗刹国的都城。直到天色大亮时，才看到城墙。

整座都城的城墙用黑石砌成，漆黑如墨。城中楼阁林立，高近百尺，屋顶上很少有瓦片，只用一种鲜红的石头覆盖。马骥捡了一块红色小碎石，在指甲上磨，竟然跟朱砂一样。

当时正值宫中退朝。宫门里驶出一辆马车，镶金嵌宝，十分华美。村民指着车，悄悄对马骥说："这是当朝相国。"

马骥仔细打量，只见那相国丑到不堪入目，两只耳朵都反着长，脸上有三个黑洞洞的鼻孔，睫毛像帘子般遮住了眼睛。村民又指着后面几个骑马的人说："这些就是大夫。"并依次指出他们的官职，每一个都面目狰狞怪异，但丑陋程度也随着职位而相应降低。

游玩了一会儿，马骥刚想离开，却被街上的人发现了。那些人一个个惊恐无状，尖叫着逃跑，一时间人群恐慌，相互拥挤踩踏，像看到妖怪一样。带马骥来此的村民竭力向周围人解释，但并没有什么用，所有人都跑得远远的。最后，好不容易才回到村里。

然而，经此一闹，全国人都知道村里来了怪人，尤其是那些达官贵人们，都想要开开眼界，就让村民带马骥来做客。可是马骥每到一家，看门人就关上大门，里面的男男女女都不敢露面，只敢透过门缝看，并且议论纷纷。过了一整天，都没人敢真的出来接见他。

村民说："我们这里有一位执戟郎，曾经受先王所托，出使过外国，见多识广，或许不会怕你。"

于是，马骥主动登门拜访执戟郎。执戟郎见了马骥果然很高兴，将其奉为贵宾。马骥看那执戟郎的相貌，像个八九十岁的人，眼睛凸出，胡须卷曲浓密，就像刺猬一般。

执戟郎说："早年间，我曾奉旨出使过很多国家，唯独不曾到过中国。现在我已经一百二十多岁，竟然有幸见到了上国人物，怎么能不上报国君呢？虽然我早就赋闲在家，有十多年没有上朝面圣了，但我决定明天早上专程为你走一遭。"

说罢就吩咐下人摆设酒宴，以尽主人待客之礼。席间，觥筹交错，相谈甚欢。酒过数巡，执戟郎又叫出歌姬舞女十多人，轮番表演歌舞。这些歌姬舞女貌若夜叉，长嘴獠牙，都用白锦缠头，长长的红色纱衣拖在地上。

马骥听了半天，也不知她们演的是什么角色，唱的是什么歌词，不论是唱腔还是节奏，都离奇怪异。执戟郎却看得喜笑颜开。他问马骥："中国也有这些音乐、舞蹈吗？"马骥说："当然有。"

执戟郎热情地邀请马骥模仿几句，马骥也不客气，便敲着桌子打着节拍，唱了一曲。执戟郎听了异常兴奋："这歌声简直如同凤鸣龙吟，我真是孤陋寡闻，从未听过如此奇妙的歌曲。"

第二天，执戟郎果然进宫面圣，把马骥推荐给了国王。

国王听了也很好奇，当即就要下诏召见。可是有两三个大臣听说过马骥，说他相貌过于怪异，担心惊了圣驾。国王听了他们的话，才没有下诏。

执戟郎出宫后，将宫内情形告知马骥。马骥倒是无所谓，可是执戟郎自己觉得很可惜，就把马骥留在家中长住。

有一次，两人喝酒，马骥喝醉了。借着酒意，他把煤灰涂在脸上，扮作黑张飞舞剑。执戟郎看见他的扮相，不仅不觉得丑陋，反而认为很好看。他说："你要以张飞的面目去见宰相，一定能得到宰相的青睐，封赏你高官厚禄。"

马骥笑着说："我们私下游戏还可以，怎么能改头换面去谋求荣华富贵呢？"

可是执戟郎上次没有推举成功，记挂在心，反复劝说马骥按照自己所说的去做。马骥不得已，只好答应下来。

执戟郎在家中设宴，邀请朝廷中的要员，还事先嘱咐让马骥画好脸等着。等到达官显贵们入座后，执戟郎叫马骥出来见客。

要员们惊异地说："真奇怪，以前那么丑陋，怎么忽然变漂亮了呢？"随即招呼马骥一起入席，把酒言欢。

酒至半酣，马骥婆娑起舞，唱起了高亢的弋阳腔，声动梁尘，响遏行云，满座要员无不为之倾倒。

第二天，要员们纷纷上书，向国王推荐马骥。国王知道马骥来自中国，便派使者手持旄节去召马骥，礼节十分隆重。见到马骥后，国王向其询问中国的治国安邦之道。马骥有才有识，条理分明，一一陈述。听得国王连声赞叹，又在离宫设宴，专门招待马骥。

酒局半酣，国王对马骥说："寡人听说你擅长演唱雅乐，能否让寡人听一听？"

马骥随即起身，学着歌姬舞女的样子，以白锦缠头，唱了一些俗词艳曲。国王听了，龙颜大悦，当天就任命马骥为下大夫。自此，马骥成了国王面前的红人，时常参加国王的私宴，备受尊宠。

可是时间一长，朝中百官对马骥假扮的面目有所察觉，有意孤立他。无论马骥走到哪里，总会看见人们在交头接耳地议论他，言语之间，态度也极其冷漠。马骥担心有朝一日真面目暴露，心里惴惴不安，随即上疏，请求辞官赋闲。但国王却不恩准。他只好又要求短期休假。国王便同意让他休三个月假。

于是，马骥乘坐马车，载着国王赏赐的金银珠宝，回到了山村。村里人都跪着迎接他。马骥把钱财全都分给那些与自己交好的人，村民不禁欢声雷动。

村民说："我们这些贱民何德何能，能得到大夫的赏赐！过几日我们要去赶海市，找一些珍宝玩物来报答大人。"

马骥听了，好奇地问："海市？在什么地方？"

"那是海中的集市，四海的鲛人都会聚集在那里出售珍宝，四方十二国都会去那里贸易，还有许多神仙也会游戏其间。那里云霞漫天，间或波涛大作。达官贵人们珍惜生命，不敢犯险，就把钱财托付给我们，去海市代购奇珍异宝。现在离赶海市的日子不远了。"

"你们怎么知道哪天有海市？"

"每当海上有朱鸟飞舞，七天后便有海市。"

马骥问清楚出发的日期，想与村民一起去游观海市，可是村民们都劝阻马骥，因为海上风浪大，变幻莫测。

马骥说："我本就是漂洋过海的客商，还会怕风浪吗？"

没过两天，果然有人登门送钱，托他们购买珍宝，马骥就和村民把钱装上船，一起去了。这条船能容下几十个人，平底高栏，十个人一齐摇橹，船行如箭，激起重重浪花。

船在海上航行了三天，远远看见烟波浩渺的海中，楼阁林立，鳞次栉比，往来船只，密集如蚁。没过多久，他们的船就来到城下，马骥抬头仰望，只见城楼高耸入云，城墙上的每块砖都有一人多高。他们把船系在岸边，上岸进城。

眼前的盛景绝非人间所有，海市陈列的奇珍异宝，流光溢彩，琳琅满目，每一件都非凡品，马骥看得眼花缭乱，不知从何下手。这时，街道上的行人纷纷避让，马骥被人挤到了路中间。他刚想发怒，见一少年骑着骏马，带着随从朝这边走来。他听见旁边有几个人在小声嘀咕："这就是东洋三太子……"马骥正要让开，马已经走到他面前。马上的少年一袭白衣，光彩照人。看见马骥，少年表情微微一怔，说："这可不像是偏远小国来的人。"当即，就有太子的随从过来，询问马骥是哪里人。马骥站在路边行了礼，详细讲述了自己的籍贯和姓氏。三太子高兴地说："上国之人，竟然屈尊来到这里，说明我们缘分不浅啊。"于是让人给了他一匹马，请他与自己同行。

二人出了西城，刚走到岸边，两匹马便嘶鸣着跃进水中。马骥吓得失声惊叫。却见海水向两边分开，像墙壁一样伫立着。马在水中飞驰，不一会儿，就看见一座宫殿，玳瑁装饰的梁，鱼鳞片铺成的瓦，四壁亮如水晶，光彩夺目，能照出人影。

马骥下马，太子拱手将其请入宫殿，抬头看见龙王高坐在殿上。太子启奏说："臣游览海市，遇到一位中国贤士，特领来参见大王。"

马骥连忙上前跪拜行礼。

龙王说："先生既然是一位才学之士，文章定能胜过屈原和宋玉。我想劳烦先生的如椽巨笔，写一篇海市的大赋。万望不吝生花妙笔，成此美文。"

马骥伏地叩首，应承下来。龙王命人送来水晶砚台、龙须笔、光洁如雪的纸、香气如兰的墨。马骥下笔如飞，千余言一挥而就，呈献给龙王。龙王赞赏道："先生真是大才，为水国添了光彩。"随即便召集龙族，在采霞宫举办盛宴。

酒过数巡，龙王举杯对马骥说："寡人有爱女尚未婚配，我想把她许配给先生，不知先生可有意否？"

马骥连忙起身，对龙王的厚爱表示感激，内心不安地应承下来。龙王便对左右吩咐了几句。不一会儿，便有几个宫女扶着一名女子出来，环佩声声，鼓乐齐鸣。拜完天地，马骥偷眼一看，那龙女真是一位绝色天仙。

拜完天地，龙女起身离去。不多时，酒宴结束。两个宫女打着彩绘的宫灯，领着马骥进了旁宫。龙女正浓妆艳抹地坐在床上，等马骥到来。珊瑚床上装饰着各种金银珠宝，帷帐的流苏上缀着斗大的明珠，床上的被褥松软而芬芳浓郁。

天色微亮，就有许多年轻貌美的丫鬟、侍女来床前伺候。马骥起床后，上朝拜谢，被封为驸马都尉。那篇赋文，被传颂四海，四海龙王都派专人祝贺，争相送请柬，邀请驸马赴宴。

马骥穿着锦服，骑着无角的青龙，前呼后拥，外出赴宴。几十名骑马的武士身佩雕弓，肩扛白杖，横戈跃马，威风凛凛。一路上，敲锣打鼓，马上有人弹奏古筝，车里有人吹响玉笛。三天里，就游遍了诸海。从此，"龙媒"之名响彻四海。

龙宫里有一棵玉树，一人多粗，树干晶莹透彻，宛若白琉璃；中间有淡黄色树心，比胳膊稍细一些；树叶类似碧玉，约铜钱那么厚，树阴细碎浓密。马骥常与龙女在树下吟唱。树上开的花，像是栀子花，花瓣落在地上，会发出清脆的金玉之声，捡起来看，像是用红玛瑙雕镂而成，鲜亮可爱。时常有一种奇异的鸟飞来啼鸣，金碧间杂的羽毛，尾翎比鸟身还长，啼鸣声如玉笛奏出的凄婉曲调，令人忧伤。

马骥每次听到这种鸟的叫声，就会思念家乡。他对龙女说："我在外流浪三年，远离父母，每当想起他们，就泪湿衣襟，你能跟我一起回故乡吗？"

龙女说："仙界与凡世隔绝，我不能陪你回去，但我也不忍以夫妻之爱，夺走你与父母的天伦之乐。容我慢慢想个办法吧。"

马骥听了，忍不住再次流下眼泪。

龙女也叹息道："这实在是不能两全其美的事。"

第二天，马骥外出归来。

龙王说："听说驸马思念家乡，明日早晨就收拾行装送你启程，可以吗？"

马骥连忙拜谢说："作为一个孤身旅居外乡的臣子，承蒙厚爱，感恩图报之情，牢记在心，万不敢忘，请容我暂时回家探亲，再回来团聚。"

晚上，龙女摆下酒宴，与马骥话别。马骥要约定再次见面的日子。龙女说："我们的情缘已经到头了。"马骥无比悲伤。龙女说："想回家奉养双亲，足见你有孝心。人生聚散，百年犹如旦夕，何必如小儿女般哭哭啼啼？从此以后，我为你守贞，你为我守义，两地同心，就是夫妻。两情若是久长时，又岂在朝朝暮暮！我们若违背了今天的誓言，再婚也不会吉利。如果顾虑无人料理家务，纳一个丫鬟做妾就可以了。还有一事，必须实言相告，成亲以后,我已经有了身孕,请你给孩子取个名字吧。"

马骥略一思索说:"如果是女孩就叫龙宫,男孩可以叫福海。"

龙女要马骥留下一件信物,马骥拿出在罗刹国得到的一对红玉莲花,留给了龙女。

龙女说:"三年后的四月八日,你要乘船到南岛,那时我会把亲生骨肉还给你。"她又拿出一个鱼皮袋子,装满珠宝,交给马骥说:"把这些东西珍藏好,几代人也用不尽。"

天刚放亮,龙王设宴饯行,又送给马骥很多礼物。马骥拜别后出了龙宫。龙女乘坐着白羊车,把马骥送到海边。上岸后,马骥下了车。龙女只说了声"珍重",回车便走。不一会儿就走远了,海水重新合拢,龙女踪迹全无。于是马骥便返回了家乡。

自从马骥乘船出海,杳无音信,所有人都以为他死了。他一到家,家人无不惊喜。幸好父母健在,只是妻子已经改嫁。马骥这才明白龙女"守义"的话,原来是已经预知今日之事。

父亲想让马骥再婚,马骥不答应,只是收了个丫鬟做妾。他牢记着三年的期限,到了日子,乘船来到南岛,看见两个小孩浮坐在水面上,拍水嬉笑,不动也不下沉。

马骥到跟前去拉孩子,一个孩子笑着拽住马骥的胳膊,跳到了他怀里。另一个却大声哭起来,似乎在怪马骥没有来拉自己,马骥赶紧把他也拉上岸来。仔细一看,一男一女,容貌俊秀。两个孩子都头戴花帽,帽子上缀着美玉,便是那红玉莲花。

孩子背上有个锦囊,打开一看,里面有一封信,上面写道:

"想来公婆都安康!三年转逝,一道红尘把我们分离,一湾海水让我们音信难通。朝思暮想,只有梦中相见;引领远望,徒然只增劳伤。面对茫茫大海，纵是满腔怨恨又能如何？奔月的嫦娥，尚独守月宫；投梭的织女，仍怅对天河。我是什么人啊，哪能与爱人永聚？每每想到这里，便又破涕为笑。分别两个月后，竟生了一对孪生儿女。如今已能在怀中咿呀学语，能领会大人的言笑，也会自己摸枣抓梨，离开母亲也可以活下去了。现在把他们送还给你，把你留下的红玉莲花缀在孩子的帽子上作标记。当你把孩子抱在膝头时，就像我也在你身边一样。知道你履行了往日的誓言，我心甚慰。我此生不会有二心，至死不渝。梳妆盒里不再放兰膏，对镜梳妆不再施粉黛。你好比出远门的游子，我是独守空房的妻子，虽然天各一方，但仍是恩爱夫妻。我只是觉得，虽然公婆抱上了孙子孙女，却未见过儿媳，于情于理，也算是缺憾。一年后婆婆去世，我会亲临墓穴送葬，以尽媳妇之道。从此以后，'龙宫'平安，还有重见之期；'福海'长寿，终有往来途径。请你多加珍重，纸短情长，想说的话是说不完的。"

马骥反复读着书信，泪流不止。两个孩子抱着他的脖子说："回家吧！"马骥更加悲恸，抚摸着他们说："你们知道家在哪里？"两个孩子哭哭啼啼，稚声稚气地只喊着要回家。马骥望着茫茫大海，无边无际，与天相接，却不见龙女的影子，烟波浩渺，亦无道路可通。只好抱着孩子调转船头，怅然地回到家里。

马骥知道母亲寿不久矣，就把寿衣和棺椁都准备停当，又在墓地种了一百多棵松树。

一年后，母亲果然去世了。灵车刚到墓地，只见一个女子披麻戴孝，站在墓穴前哭泣。大家正吃惊地看她时，忽然急风骤起，电闪雷鸣，接着便下起暴雨。转眼间，那女子已不见踪影。新种的松柏原先枯死许多，此时又全都活了。

福海稍大一点后，常常想念母亲。有一次忽然跳入海里，几天后才回来。龙宫因是女孩，不能前往，常常关上房门暗暗流泪。

有一日，白日骤然变暗。龙女忽然走进屋内，劝龙宫说："你自己长大后也要成家的，为什么要哭哭啼啼？"说着她就给女儿一株八尺高的珊瑚树、一包龙脑香、一百颗明珠、一对八宝嵌金盒，作为她的嫁妆。

马骥听见龙女的声音，急忙跑进来，拉着龙女的手哽咽哭泣，还未来得及倾吐思念之情，顷刻间，一声惊雷破屋，龙女已杳然离去。

淄川北城有个姓许的渔夫，别无嗜好，只喜欢喝酒。

每天晚上，他都提着酒，来到河边，一边喝酒一边打鱼。

每回喝酒，他都会倒一些在地上，嘴里念念有词："要是河里有水鬼，也一起来喝几口吧。"

除他之外，这条河上还有别的渔民。可是不知为什么，别人忙碌一晚上也捕不到几条鱼，只有许渔夫每次都能捞满满一大筐。

有天深夜，许渔夫独对孤灯，自斟自饮。忽然，他看到岸边有个白色的影子，再仔细看，原来是个衣衫单薄的年轻人，在岸边走来走去。他心想，这不会是想不开要轻生的人吧？就大声叫道："小兄弟，过来喝点酒，暖暖身子吧？"

年轻人笑了，大步走过来坐下。两人也不说什么话，你一杯我一杯，只是喝酒就非常开心。

酒瓶见底，天也快亮了。

许渔夫起来收网，却发现网里一条鱼都没有，心想，这下完了，昨天说好给镇上的酒馆送五十斤鲜鱼，定金都收了，这可怎么办？

年轻人见许渔夫脸色不好，知道是怎么回事后，就跳起来说："大哥别担心，我去下游帮你把鱼赶过来。"

许渔夫看他已有几分醉意，当他在说酒话，就说："没关系，或许是我平常打得太多了，大不了我跟别人高价买些，给酒馆送去。"

年轻人打着酒嗝说："那怎么行呢，你等我一会儿。"

说着他就跟跟跄跄地沿着河岸朝下游跑去。

许渔夫并未把他的话当真，收拾好东西，正准备离开时，听见年轻人在身后大声喊叫："大哥，快准备网，一大群鱼过来了。"

话音未落，许渔夫就听见水里有动静。

他从小就生活在河边，知道这是鱼群拥挤的声音，赶紧撒网。果不其然，一网下去，捞上来许多条大鱼，每条都有一尺多长。

他用草绳串了几条大鱼，递给年轻人说："小兄弟，真是太感谢你了，我用不了这么多，你拿几条回家去炖汤，鲜鱼姜汤特别解酒。"

年轻人说什么都不要，他对许渔夫说："大哥，这算不了什么，我经常喝你的酒，一直想回报你，却没有机会，如果你不嫌我烦，以后我每天都来帮你赶鱼。"

许渔夫大笑说："兄弟你真是喝多了，咱俩就昨晚喝过一回，怎么就说经常？你要是想喝酒，随时来找我。不过，我可不是为了让你赶鱼。我姓许，还不知道小兄弟你怎么称呼呢？"

"我姓王，"年轻人说，"山野小户，也没什么大名，排行老六，许大哥就叫我六郎吧。"

他们又说了会儿话，天色已亮了。两人相约晚上再来喝酒，就分开了。

许渔夫背上鱼筐，赶到镇里，给酒馆送鱼。老板见鱼又大又鲜，除了先前定好的五十斤以外，把剩余的也全都收了。

老板还对许渔夫承诺，让他以后打了鱼全都送来，酒馆全包了。

许渔夫小赚了一笔，开心的同时，也不忘王六郎。他专门去酒坊多买了一些好酒，晚上来到河边时，王六郎已经在等他。

两人席地而坐，开怀畅饮，虽然只是第二次见面，却如老友一般。喝到酒酣，王六郎主动去赶鱼，许渔夫不费多少力气就捞满了鱼筐。

刚开始，许渔夫还说些感激的话，可是王六郎说："许大哥要还是这么客气，就是不把我当兄弟。"

许渔夫也不是拘小节的人，就不再说客气话了，只是把情谊记在心里。一来二去，两人成了无话不谈的好兄弟。

虽然许渔夫对六郎的身世以及他赶鱼的非凡能力颇为好奇，但既然六郎不主动说起，他也从不询问。

半年后的一天，恰逢许渔夫过生日，专门买了好酒来请六郎同饮。

刚喝几杯，六郎就怏怏不乐地对许渔夫说："大哥，认识你这么长时间，我一直把你当亲哥哥，可是……"他停顿了一下，低下头，"从此以后，我可能再也喝不到大哥的酒了。"

许渔夫以为六郎有事要远行，就安慰他："兄弟不要说得这么伤感，你这么年轻，肯定有自己的家人和事业，不能总和我一个没出息的渔夫混在一起。你只管去做大事，有朝一日金榜题名或者荣华富贵，我也可以向别人炫耀有过这么一个好兄弟。如果你哪天想喝酒了，就回来找我，别的好东西没有，水酒管够，就怕到那会儿，你已经喝不下我这劣酒了。"

六郎凄然一笑：“大哥说笑了，不管什么时候，大哥的酒都是最好的。只是……”他端起酒杯，一饮而尽，眼睛盯着宁静的水面，默不作声。月明星稀，乌鹊南飞，他的眼睛里竟然闪着泪光。

许渔夫看在眼里，心里一紧，把酒斟上说：“兄弟，你这是遇上什么难事儿了吧？与你认识大半载，从来没听你说起过家事。大哥痴长你十几岁，也算经过些人事，你要是信任我，就给我说说，虽然我没什么大本事，但卖力气跑腿还是可以的。”

六郎怔怔地看着许渔夫，老半天才说：“我怕我说出来会把你吓着。”

许渔夫哈哈大笑，举起手中的酒杯说：“我虽然读书不多，但常听镇子上的说书人讲，‘平生不做亏心事，半夜不怕鬼敲门’。我活到这个年纪，从未起过害人之心，世界上哪有什么能吓着我的？”

看许渔夫如此爽直，六郎心底暗暗叫了声“好”。他咬了咬嘴唇说：“既然这样，我也就不再隐瞒。我不是人，而是一个水鬼。”他暗暗观察许渔夫，见他神色只是略有惊异，这才继续说，“我上辈子好酒贪杯，一次酩酊大醉后，失足跌进这条河里淹死，已经在这里困了很多年。从你每次往地上倒酒祭鬼开始，我就来了，天天白喝你的酒，欠了你的人情，沾了你的因果，必须得还回去，我这才现身出来，帮你赶鱼。”

人鬼殊途，说不害怕是假的。但许渔夫看着眼前的六郎，温文尔雅，一表人才，全不像说书人讲的狰狞鬼魅、青面獠牙，再想起和六郎相交半年，亲如兄弟，如此险恶的世道，能交到这样知心的朋友，实属不易，就算是鬼又如何？这么一盘算，许渔夫心里原有的一丝恐惧也都被驱散了。

他端起酒杯说："我才不管你是人是鬼，我只认我的六郎兄弟。不过，如果可能，我倒希望你再喝多一次，重新失足跌回人间，我带你回家里去，喝你嫂子做的鲜鱼汤。"

六郎看许渔夫如此，越发悲戚地说："我倒是愿意与大哥这样一直喝下去，但人有人道，鬼有鬼途，上面通知我阴寿已尽，必须去重新投胎转生人间，明天就有人要来代替我。今天晚上，我就是来跟大哥告别的，一想到以后再也喝不到大哥的酒，心里就非常难过。"

许渔夫听了这话，也不禁难过起来。

他虽为人良善，但家境不好，交往的人并不多，知心朋友更是一个都没有。认识六郎这半年，是他人生中最快乐的一段时光，所以打心眼里舍不得让六郎离开。可他还是强努出笑容，倒满酒杯，对六郎说："兄弟，你喝傻了吧，转生投胎，这是好事啊！来来来，我们连干三杯，大哥衷心祝贺你重回人间！"

说着，两人就连喝了三杯。

许渔夫又说："好兄弟，我不知道你们阴间怎么样，但如今人间很险恶，做个好人其实很难生存。可即使是这样，我还是希望你来世做个好人，那些谋财害命、坑蒙拐骗的勾当，绝不能干。真要是活不下去了，就来找我，我们兄弟大碗喝酒，大块吃鱼，过着无拘无束、自由自在的生活，岂不比那些有钱有势的更舒服？"

许渔夫一番话，让本来伤感沉闷的气氛活跃起来，两人又推杯换盏，大喝起来，似乎只有烈酒才能化解他们的离愁。

这时，许渔夫忽然想起一件事，就问六郎："兄弟，你刚才说明天会有人来代替你，是谁啊？"

"是一个年轻女人，"六郎说，"明天中午，她从河边经过，会掉进河里淹死，代替我的就是她。"

许渔夫还想再说什么，可是村子里的公鸡已经打鸣了，六郎不得不离开。

两人拥抱告别，可是许渔夫一直没有走，而是留在岸上，想看看六郎说的是不是真的。

等快到中午的时候，果然看见一个年轻的女子朝着河边走来，等走近些，才发现她怀里还抱着一个小婴儿。

正是烈日当空，那女子应该是觉得天热，掏出一块手帕走到水边，想擦一把脸，可是脚下却无故一滑，直直掉进了河里。就在入水的刹那间，她竟然本能地发力，把怀里的婴儿抛回了岸边。岸上都是松软的淤泥和杂草，婴儿显然没有受伤，却被吓得哇哇大哭。许渔夫想去营救，但一想到那女人是来代替六郎的，就强忍着不动，只能扭头不再去看。可婴儿的哭声，像一支支利箭袭击着他的耳膜。

就在他忍耐不住，起身准备行动时，却发现刚才已经没入水中的女子此时竟然浮出了水面，她拼命挣扎，想要摆脱水下的纠缠。忽然，她似乎抓住了什么，最终顺利爬回了岸上。

直到这时，许渔夫一直紧揪着的心才松弛下来，一屁股坐了回去。

女子精疲力竭，身上的衣裙已经湿透，可她还是挣扎着爬到婴儿身边，一边大口喘息一边哄孩子。休息了好半天，才抱起孩子离开。

目睹这一幕的许渔夫，不晓得究竟发生了什么。

他不信六郎会骗自己，但很显然，事情并未按照他说的那样进行。百思不得其解，许渔夫也就不再想了，不管怎样，日子还得过，鱼还得继续打。

他随便吃了点干粮，然后清理渔网，准备晚上大干一场。只是没有了六郎，也不知道鱼还能不能打上来。

到了傍晚时分，说好去投胎转世的六郎，却像往常一样又来了。

许渔夫问他缘故。

六郎解释说："本来，她命中注定是要被淹死的，可当我听到那个孩子的哭声，就心生不忍。又想起大哥叮嘱我当个好人，就越是不忍害她性命。她要是死了，那个婴儿肯定也活不下去。我要是为自己活命，却害了两个人，怎么对得起大哥的嘱托？"

许渔夫这才明白了缘由，又着急起自己兄弟，赶忙问："啊，那你可怎么办？"六郎笑着说："事情已经这样了，只能等下一次机会。"

虽然六郎说得轻松，但许渔夫知道，机会都是上天的垂青，错过一次，哪有那么容易再等到？他握住六郎的肩膀说："好兄弟，像你这么善良的鬼，上天知道了，一定会赐给你好运的。"

六郎苦笑着摇摇头说："幸亏有大哥相伴，有好酒喝，否则这常年泡在苦水里的日子，还真是难熬。"

两人重新回到了以往喝酒捕鱼的时光。

可没过多久，六郎又来告别。

许渔夫觉得奇怪，他打趣说："是不是这人间太不值得了，怎么这么快又有人来投河？"

六郎赶紧说："那倒不是，这回是好事。上次您说上天会赐给我好运的话应验了，因为那件事，天庭为了表彰我舍己为人，让我去担任招远县邬镇的土地神。过几天就要去上任了。"

"太好了！"许渔夫惊喜地叫道，"我就说好鬼有好报，苍天有眼，让我的兄弟当了神官。"

六郎说："这都要感谢大哥的悉心教导，等我上任后，您一定要来看我。到时候，兄弟再陪您喝酒。"

许渔夫笑着说："兄弟你心地善良，为人正直，当了地方神官，一定会让当地风调雨顺，大哥替你高兴。但你毕竟是神，我凡人一个，人神不同界，就算我去了，也不知道在哪儿找你。"

"大哥你就别操这个心了，你只管去就行。"

两人似乎有说不完的话，直到把昨晚余下的酒全都喝光，六郎才向许渔夫告辞。

六郎走了没几天，许渔夫就茶不思饭不想。他让妻子帮他收拾出门的行李，要立刻动身去招远探望六郎。

妻子早就听他说过六郎的事，忧心忡忡地对他说："你从来没出过远门，就算到了招远，也不一定能找到他。再说，要是寻人还可以打听，你找土地爷，那还不被人当疯子赶走吗？"

可许渔夫一心要去，妻子也只好把他出门的衣物准备好，还多拿了些盘缠出来给他。她说："在家千般好，出门万分难，多带点盘缠总是好的，免得背井离乡，连饭都吃不上。"

许渔夫晓行夜宿，一路向东，几天后终于到了招远县。向人打听到，附近真有个地方叫邬镇，就直奔而去。

到了邬镇，先找了家客栈住下，洗去一路风尘后，到前台向店老板打听土地庙的所在。

店老板吃惊地看着他，小心翼翼地问："客官，你是姓许吗？"

"是啊，你怎么知道的？"许渔夫也很诧异。

"那你是不是从淄川来的？"

"没错啊，有什么问题吗？"许渔夫打量了一下自己，除了衣服旧点，似乎跟店里其他人没什么区别。

店老板没回答，只急匆匆地跑出店去。

没过一会儿，店老板就带了一大群人进来，大家都围着许渔夫看。不仅房子里，就连门窗外面都挤满了人，水泄不通，男女老少都像瞅什么稀奇物件一样瞅着他。

许渔夫感到莫名其妙，哭笑不得，赶紧问是怎么回事。

众人七嘴八舌地都想说，最后还是店老板让大家安静，他自己向许渔夫解释说："前几天夜里，我们镇上所有人都梦见了土地爷。他老人家说，他在淄川有个朋友，姓许，过几天要来这里看望他，如果人来了，让我们大伙儿多照顾，顺便再凑点儿盘缠。如果只是一个人梦见，我就当是胡思乱想，但所有人都梦见了，那一定是真的。这些天，我们一直都在等你来。"

"原来是这样！"许渔夫暗自长吁一口气，心说，"兄弟啊，你整这一出，动静也太大了。"

他打听清楚土地庙的所在后，赶到庙里，既不烧香点烛，也不跪拜磕头，只是从兜里掏出一小瓶酒和两个酒杯，一边倒酒一边说："六郎兄弟啊，自你走后，我真是日思夜想，终于下决心来看你，你嫂子还担心我找不到你，她是不晓得神鬼的能力，不过我也没料到你竟然托梦给那么多人，这样情深义重，大哥我铭记在心。我走这么远来看你，也没带什么礼物，只有水酒一杯，你要是不嫌弃，就还像以前我们在河边那样，把它干了。"

说完，许渔夫又烧了一张黄表纸，神座后忽然卷起了一窝小旋风，绕着他转了好多圈，才依依不舍地散去。

酒杯里已经空了。

当天晚上，许渔夫梦见六郎来看他。

六郎衣着鲜亮，容貌光彩，已不再是原来那个野小子的模样。他拉着许渔夫的手激动地说："大哥跑这么远的路来看我，我特别开心！其实我一直都在你身边，可现在人在庙堂，身不由己，虽然只是个小小的土地神，也得遵照律法，不能轻易与凡人见面，请大哥原谅。"

许渔夫笑着说："这不就见到了吗，只是遗憾在梦里不能喝酒，否则真要与兄弟不醉不归。"

"大哥既然来了，就在这里多住几天，百姓们送你一些礼物，你就收下，权当我对大哥恩情的些许回报。等你返回淄川时，我再来送你。"

许渔夫听了六郎的话，安心住下来，在当地四处游玩。无论走到哪里，都有人宴请他。一连过了好几天，许渔夫心想，我一介草民，无功受禄，天天被人宴请，虽然是托兄弟的福，但也太不应该了。

于是，他打点行李，向店主告别。本想悄悄离开，没想到刚出门，又被百姓紧紧围住。这次是来排队送礼物的，许渔夫的包裹被塞得鼓鼓囊囊。虽然都不是什么贵重东西，但这份真情，让许渔夫十分感动。

感谢的话说了一大堆，乡亲们还是不肯离开，老人和孩子夹道把许渔夫送到镇口。这时，平地忽然起了一股羊角旋风，风跟在许渔夫身后，一直跟了十几里路，还不散去。

许渔夫只好放下行李，对着旋风抱拳说："兄弟，不能再送了，你心地善良，宅心仁厚，必能为神官一任，造福一方。大哥我来看你一次，也就没什么不放心的了，你就此回去吧。"

羊角旋风又盘旋了很久才散去，跟过来的村里人目睹这一幕，既惊异又赞叹。许渔夫与他们再次行礼道别。

回家后，许渔夫就跟妻子商量开家客栈。因为这些日子打鱼多，也积攒了不少钱，妻子立即就同意了。她高兴地说："从今往后，我再也不用为你提心吊胆了。"

说干就干，许渔夫把自己的渔具卖了，在镇上盘了门面，改造成一间干净朴素的客栈，供南来北往的客人歇脚。

偶尔店里来了招远的客人，许老板就向他们打听邹镇土地神，客人们都说特别灵验，有求必应。

田七郎

　　武承休家是东北辽阳的大户，祖上发迹，家业丰盛，在当地很有名望。武承休性格豪迈，喜爱呼朋唤友，出手阔绰，来往之人都是各界名流。

　　有天夜里，武承休做了个梦，有人对他说："你朋友虽然多，但大都是些酒肉朋友，要是遇到难事，没一个能帮你。"

　　武承休反驳说："你说得简单，如今这险恶世道，哪里还能交到肝胆相照的真朋友？"

　　"倒是有个人，就看你愿不愿意交往。"

　　"谁？"

　　"田七郎！"那人说完，就消失了。

　　武承休从梦里惊醒，回想梦里的对话，一字一句都很清晰，就像真的发生过一样。等天一亮，他就问下人，认不认识田七郎。下人们都说不认识。他又向周围的朋友打听，也没有人认识。

　　他心想，看来梦里的事不能太当真，就把它留在梦里吧。

　　有一天，他在酒馆跟人喝酒闲聊，又说起那个梦。

　　当他提到田七郎这个名字时，旁边上菜的酒保插话说："武大爷，我倒是认识一个叫田七郎的人，不知道跟您说的是不是同一个人？”

武承休随即向酒保追问。

酒保说：“我姥姥家住在东村，村里有个人就叫田七郎，是个猎户。不过听说他性格古怪，跟村里人来往都很少，更别说外人了。跟大爷所说的人，可能只是同名罢了。”

天下同名同姓者甚多，但武承休却认定酒保所说的人就是他要找的田七郎。他虽然心急如焚，但也不好表现得过于兴奋，只能压抑着激动的心情，等酒宴结束，马上带着仆人，骑马出城去东村。

走在路上，他盘算着这件事，不由联想到周文王渭水访贤的故事，忍不住哈哈大笑起来。仆人问他笑什么，武承休做出一副讳莫如深的样子：“不可说，不可说啊。”

东村是个破败的小村落，几乎没一间像样的房子。

几经打听，武承休找到了田七郎家。仆人在大门外的树桩上拴马，武承休独自走过去，用马鞭在大门上轻轻敲了几下。

不一会儿，门开了，出来一个人，二十多岁，面容英朗，双目有神，虎背熊腰，腰间一件黑色的过膝围裙，却打着杂色补丁，看起来不太讲究。

“两位官人有何贵干？”那人打量武承休的装扮，知道不是普通人，抱拳行礼道。他的谈吐举止彬彬有礼，与一般的村民不同。

武承休本想问他是不是田七郎，转念一想，觉得过于唐突，就抱拳回礼说：“兄台好，我姓武，叫武承休，这是我的仆人，我们从城里过来办些杂事，口渴难忍，想讨碗水喝。”

“原来是武老爷，幸会，要是不嫌弃，请到屋子里休息一会儿。"那人丝毫没有迟疑，大方地邀请两位客人进去。

院子不大，几间破旧的草房东倒西歪，如果不是有几根粗树杈撑着，墙恐怕都要塌了。武承休心想，这样的房子，一阵大风就能吹倒，怎么还住着人呢？那人却不在意，热情地请他们进屋。

武承休让仆人留在院子里看马，自己走了进去。

一进门，就把他吓一大跳。房间墙上挂满了兽皮，豺狼虎豹，应有尽有，却连个坐人的凳子都没有。

那人笑着说："武老爷莫怪，家里平常少有人来，座椅也没什么用处。"他从墙上扯下一张虎皮，铺在地上，"请坐，这虎皮比椅子舒服多了。"

武承休笑着问："我听说东村有个猎户叫田七郎，功夫了得，捕捉老虎豺狼跟抓兔子一样容易，不知道兄台是否认识？"

那人听了，惊异地说："武老爷记错了吧？田七郎我倒是认得，只是他并没有您说的这么厉害。"

"噢，传言未必是真。"武承休说，"我看兄台这满屋子兽皮，相信比那田七郎有过之而无不及啊。"

那人笑着拱手说："不瞒武老爷，在下就是田七郎。"

武承休本来就是出言试探，听他自己承认了，就做出一副恍然大悟的表情说："看来所言非虚啊，田兄果真是好身手。"

田七郎摆摆手说："养家糊口罢了，武老爷请坐。"

武承休觉得田七郎很有意思，他也不是拘泥的人，就一屁股坐了下来。田七郎见他如此，眼里透出几分欣赏。

田七郎用粗瓷大碗给武承休端来热水，武承休喝了一口，问："田兄是本地人吗？"

田七郎席地而坐，说："我家祖辈都住在此地，以打猎为生，从未出过远门。"

武承休说："我看田兄谈吐不凡，应该也是读过书的人。"

田七郎爽朗地笑道："山野草民，勉强糊口，哪有钱上学堂，不过从小听母亲说古人的故事，学到些粗浅的礼仪，照猫画虎罢了。"

"原来如此。"武承休又问，"二老在家吗？我冒昧登门，应该先叩见他们才对。"

田七郎说："父亲早逝，母亲一向不愿见外人，请见谅。"

武承休听他这么说，也不勉强。他站起来，绕着屋子，打量那些兽皮，不禁感慨道："田兄这么好的身手，如果参军，定能立下战功，光宗耀祖，不应该埋没在这样的地方。"

田七郎说："我这粗脚笨手的庄稼汉把式，就是仗着祖传的捕猎经验，打几头野兽，换些柴米油盐，养活妻儿老小，哪敢有别的奢望。何况住在这里，既没有兵荒马乱，也没有强盗土匪；吃新鲜的野味，喝自酿的水酒，已经非常知足了。"

"田兄果真不凡，倒是我见识短浅了。"

武承休说这话，倒不是客气，此时他已下决心，要与田七郎结交。

两人虽是初次见面，却很是投缘，一时聊得热火朝天，爽朗的笑声从小屋里传出，惊走了屋檐上的麻雀。

要找的人已经找到，武承休此行也算圆满。他对田七郎说："今天结识田兄，相见恨晚，可惜时间不早了，我还得赶回城里去。叨扰这么半天，也没带什么礼物，就留一些散碎银钱，给小侄子买件衣服吧。"说着从钱袋里掏出一大锭银子，放在虎皮上。

"万万不可！"田七郎拿起银子，塞回武承休手里，"认识武老爷是我的幸事，怎么还能拿你的银子呢？"

两人你拉我扯了大半天，武承休故意恼怒地说："既然田兄看不起我，你我相交也没什么意思了。"

田七郎左右为难，只好说："武兄不要生气，我一个乡下人，从来没见过这么多银子，我做不了主，需要去请示母亲才行。"

武承休暗自思忖，田七郎是伟岸男子，不好意思拿，但他的母亲，一个普通的农村妇女，见这么大一锭银子，应该不会拒绝，就点头同意。

田七郎拿着银子匆忙出去，可没过一会儿，又原封不动地拿了回来，面带窘色地对武承休说："武老爷，家母严命我不许拿这银子，请收回吧。"

武承休正要再劝，这时从门口走进来一位老太太，神色威严，虽然拄着拐杖，腿脚也不太灵便，可腰板却挺得刚直。面对武承休，她用拐杖用力戳了一下地面说："这位老爷，我老婆子就这么一个儿子，还要留在身边养老送终，不想让他离开家，去伺候达官贵人。您请回吧。"

话已至此，多说无益，武承休只好告别田七郎，遗憾地走出了田家。

田七郎刚把他送到大门外，就听见老太太的声音传出来："七郎，快帮我劈柴。"田七郎匆匆向武承休抱拳告辞，一边答应着，一边大步跑了回去。

回去的路上，武承休心烦意乱。他想不通为什么田七郎对自己很和善，他母亲却有那么强烈的敌意。

仆人看他眉头紧锁，说："老爷，有些话我不知道该不该说。"

武承休正心里不悦，听他吞吞吐吐的，越发烦躁，就没好气地骂道："有话快说，有屁就快放。"

仆人说："刚才那田七郎拿着银子去找老太太时，我听到他们的话了。"

"哦？说什么？"

"老太太是这么说的，"仆人咳嗽了一声，模仿着田老太太的语调说，"七郎，这银子我们不能收，我刚才看那武老爷，印堂发暗，脸上有晦色，恐怕过不了多久，就要遭大难。常言道，士为知己者死。你们虽算不上知己，但拿人钱财，要替人消灾，无功受禄，不是什么好事，恐怕得舍命去回报人家啊。"

武承休听了这话，无比震惊，大声赞叹道："只有如此品德高尚的好母亲，才能养出田七郎这样的好男儿，这个朋友我交定了。"

第二天，武承休在城里定了最好的宴席，派人去请田七郎赴宴。可一连去了好几拨人，都没把田七郎请来。

武承休只好亲自登门，对田七郎说："我请你吃饭，你不肯来，那我来讨杯酒喝，你总不会拒之门外吧？"

田七郎憨笑着赶忙端来酒，找了半天下酒菜，只找出一些鹿肉脯。

虽然酒薄菜少，两人还是喝得十分尽兴。武承休向田七郎询问一些打猎的事，七郎悉心讲授。不知不觉，都有了醉意。

临走时，武承休对田七郎说："七郎兄弟，我今天吃了你的酒肉，如果再请你，就算还你的情，你可不能再拒绝了。"

田七郎性格耿直，当面无法拒绝人，只好答应下次一定去。

隔了两日，武承休设下家宴，邀请田七郎。田七郎果然没有食言，前来赴约。

席间，两人谈笑风生，宛如老友。

武家下人嘀咕："老爷这是从哪里找来的野人，赴宴也不穿件新衣服。"然而武家家法甚严，这些话，他们也只敢在心里说，不敢讲出来。

酒宴从中午一直持续到傍晚，武承休想留田七郎在家里住，田七郎说还要回家伺候老母亲。武承休只好又拿出银子相赠，田七郎还是坚决不收。

武承休只好说："这银子不是白给你的，上次去你家，见有些老虎皮，坐着很舒服，就想买几张铺在我的椅榻上。这些银子是定金，你先收下，看能买几张，就给我几张。"

武承休找了这个理由，作为猎户的田七郎实在无法拒绝，反正虎皮总是要卖的，没理由不卖给武承休，希望母亲也能理解吧。

田七郎收下银子，对武承休说："武老爷，虎皮我尽快给你送过来。"趁着天还没有全黑，他赶着回家了。

到家后，田七郎连夜点数虎皮，发现按照市价算，现有的虎皮不够抵偿武承休给的银子。他琢磨，如果把银子退回去，武承休肯定不要，可要是不退，就占了人家的便宜。想来想去，唯一的办法，就是再去多打几张虎皮。

第二天一早，田七郎带着弓箭、绳索和干粮进了山。

可是山里的老虎就像被他打怕了一样，全都藏起来不肯露面。

整整转了三天，他连一只老虎都没遇到，只好先下山。到家后才知道，一向健康的妻子竟然生了重病，卧床不起。

田七郎的妻子是附近村里一个猎户的女儿，自过门以来，孝敬母亲，操持家务，与田七郎也十分恩爱，生了个儿子聪明乖巧。夫妻俩一向相敬如宾，如今她忽然病倒，田七郎自然心急，连忙去请了大夫，开了方子，抓来药亲自煎熬，看护妻子，寸步不离，自然就没有顾得上再出门打猎。

天有不测风云，妻子的病情一天天加重，才过了十多天，竟然去世了。田七郎用武承休给的银子，为爱妻举办了隆重的葬礼。武承休得到消息，第一时间赶来祭拜，安慰田家母子，并馈赠了丰厚的礼物。

田七郎抱歉地对武承休说，等把妻子安葬后，自己就会进山猎虎。

武承休劝慰他说："这种小事，七郎千万不要放在心里，虎皮的事等以后再说。"

可是田七郎抓药、办葬礼，用的都是武承休的银子，对他满怀感激。妻子刚一下葬，他就背上弓箭进了山。但捕猎老虎并非易事，几日下来还是没有收获。越是如此，田七郎心里越着急，武承休几次捎话，请他到家里去做客，他都不肯去，非要带着虎皮一起去。

武承休从未遇到过如此认死理的人，因而越发敬重田七郎。他给田七郎带话说："你家里不是有几张虎皮吗？先送过来吧。"

田七郎回家翻出那些旧虎皮，发现一段日子没晾晒，虎皮竟然生了虫子，毛都快掉光了。这让他本来就不安的心越发沮丧。

武承休听说后，骑马跑到田家，看了掉毛的虎皮，笑着对田七郎说："田兄，我就想要没毛的虎皮，毛掉光了反而更好，再说只要是虎皮，管它有毛没毛，褪毛的老虎，难道就不是老虎了吗？"

他就自顾自地把虎皮卷好，捆在马鞍上。本想约田七郎一起进城喝酒，可是田七郎怏怏不乐，不愿意去，他只好一个人带着虎皮回去了。

田七郎觉得亏欠了武承休，再次进山，发誓猎不到老虎就不下山。

几个日夜不眠不休，功夫不负有心人，终于被他捕住一头吊睛白额猛虎。他也不剥皮，请几个村民一起抬进城，送到了武承休府上。一路上跟过来好多看热闹的人，在武府门外堵得水泄不通。

武承休觉得特别有面子，心花怒放，吩咐人大摆宴席，款待田七郎，并且非要留他在府中住上三天。田七郎执意不肯，他觉得这是自己应该做的。可是武承休坚持要他留下，并让人把大门锁上。田七郎要走的话，就得把大门砸开，或者跳墙，可真要这么做，就太没有礼貌了，他只好勉强留了下来。

府上宾客都不理解武承休为什么如此看重一个乡下猎户，私下议论，武老爷是被这个猎户给骗了。

武承休听了这些话，都当耳旁风，反而对田七郎更好了。宴席让他坐在主宾位置，敬酒也先从他开始。田七郎喜欢吃什么，就让厨房准备什么。看田七郎衣服十分破旧，马上就买来新的，可是田七郎无论如何都不肯替换。武承休只好趁他睡觉的时候，偷偷拿走了旧衣服，田七郎起床后没办法，这才把新衣服换上。

三天后，武承休打开大门，依依不舍地把田七郎送走。第二天上午，家人禀报说有一个少年找他。武承休让人进来，竟然是田七郎的儿子。

田七郎的儿子一见武承休就跪下磕头。武承休把他扶起来，问他来由。田七郎的儿子从背上解下一个包裹说："奉祖母之命，来送还衣服。"武承休把包裹打开，原来是他送给田七郎的新衣服。

田七郎的儿子恭敬地说："祖母交代，请武老爷让我把父亲的衣服带回去。"武承休笑着说："回去告诉你奶奶，说那些旧衣服我已经让下人拆了做鞋衬用了。"那孩子这才行礼离开。

自那以后，田七郎经常会带一些野鹿和兔子送给武承休。每次，武承休都邀请他到家里饮酒，他都坚决不去。

这让武承休特别郁闷，也不知道该怎么办才好。

终于有一天，他忍耐不住，亲自登门去拜访田七郎。田七郎恰好上山打猎去了，田母连门都没让他进。

老太太站在门口，大声对武承休说："你不要再来找我儿子了，你一个有钱人，怎么会无缘无故跟我们这些乡下人来往？没听人说吗？无事献殷勤，非奸即盗。"

这么直白的拒绝，让武承休特别尴尬。他想解释，又不知从何说起，只好对田母说："伯母误解我了，我对七郎是真心相交，绝没有半点坏心思。不过，既然您如此担忧，那我以后不会再打搅七郎了。"

说完，他长鞠一躬，难过地离开了。

自那以后，武承休信守承诺，再没有去找过田七郎。

直到半年后的一天，武承休正在吃饭，仆人气喘吁吁地跑进来喊道："老爷，老爷，田七郎……"

武承休猛然站起来问："七郎来了？在哪儿？快请进来啊。"

"不是，老爷，我听街上人说，田七郎因为跟别人争捕一只豹子，打死了人，被官府抓起来了。"

"什么？"武承休听见这个消息，十分震惊。他让仆人备好马，快马加鞭赶到了县衙。他跟官府的人熟悉，不费什么力气，就进入牢房，见到了田七郎。

田七郎戴着枷锁镣铐，面容憔悴，见武承休进来，只是点点头，却不说话。任凭武承休说什么，都沉默以对。

武承休只好说："七郎，你放心，我一定会想办法把你救出来。"

田七郎这才苦笑着说："杀人偿命，我已经做好了准备，只是家里还有老母、幼子，我虽不愿麻烦武老爷，但到这种时候，也不得不请求您照顾他们，今生无以为报，来世当牛做马报答您。"

听见一个铁骨铮铮的汉子说出这样的话，武承休的眼泪差点儿掉下来。

出了牢房，武承休马上行动。先拿一大笔钱打点关系，买通了县太爷。又找到死者家属，赔偿了一百两银子，请他们不要再告状。

当时，县太爷一年的俸禄还不到五十两银子。一百两对普通老百姓来说，是很大一笔钱。所以那家人收了钱后，就再不提偿命的事了。

民不告则官不究，再说县令也已被买通。于是这件事很快就无人问津。一个月后，田七郎被无罪释放。

田母看见儿子回来，激动万分。母子俩说了半天话，老太太感慨道："你能活着从监狱里出来，全都靠武老爷，你的命是他给的，你应该以命报答他，我只求菩萨保佑武老爷一辈子无灾无难，你也就平安了。"

田七郎向母亲提出要去当面感谢武承休。

母亲告诉他："去是肯定要去的，可见到武老爷，不要说那些感谢的话。古人说大恩不言谢，小恩小惠可以说谢，但救命之恩不能用嘴轻易说出，而是要以性命相报的。"

田七郎到了武家，见到武承休，绝口不提他的救命之恩。就连武承休说些安慰他的话，他也只是点头称是，似乎觉得一切都理所当然。

武家府上的人见他这个态度，都很不乐意。他们对武承休说："老爷，这个田七郎是个忘恩负义的家伙，老爷救了他的命，他却连半个谢字都不说。"

武承休摆摆手："别胡说，七郎不是这样的人。我救他出狱，是因为我喜欢他这样的汉子，并不是图感谢和回报。如果七郎是巧言令色之徒，我也不会跟他相交。这样的话，你们以后就不要再说了。"

不仅如此，武承休还让田七郎别再叫自己"武老爷"，而是以兄弟相称。

自那以后，田七郎经常前往武家，武承休请他吃肉喝酒，他就吃喝；送他东西，他就收下，还经常一住就是好几天。

武家的下人嫌弃地说："这田七郎怎么像老爷请来的大爷，

死皮赖脸，又吃又拿。"田七郎听到了，也不生气，什么也不说。

有一次，武承休过生日。

他朋友满天下，来祝寿的人络绎不绝。武家摆起酒宴，通宵达旦地庆祝，很多路远的人晚上回不去，就住在了武家。

武家房子虽然多，但客人更多。所以武承休就把自己的房间让出来，给那些有名望的客人住，自己和田七郎挤在一间仆人的小房子里，三个仆人就只好睡在床下。

两人一直聊到半夜。突然，田七郎挂在床头的宝剑竟然自己从剑鞘里跳出几分，发出了铮铮的鸣声，剑光像闪电一样照亮房间。

武承休从未见过这样的异状，吓得从床上跳了起来。

田七郎也迅速起身抓住宝剑，厉声问武承休："床下睡的是什么人？"

武承休说："只是家里的几个下人，并没有外人。"田七郎斩钉截铁地说："这三个人里必定有一个是坏人。"

武承休问他为什么这么说。

田七郎向他解释："这把宝剑是我祖上从遥远的外邦买来的，到我手上已经传了三代，锋利无比，杀人不沾血，曾砍下过几千人的脑袋，可它依然像刚打磨过的一样。此剑有灵性，能感应到杀意，一旦周围有人动了坏心思，它就会鸣叫着从剑鞘里跳出来，像口渴一样，要饮坏人的鲜血，看来离它要杀人的日子又不远了。武兄你要时刻警惕身边的小人，免得被其所害。"

武承休虽然答应了，却没有太当回事。反而是田七郎一直辗转反侧，为此彻夜不眠。

武承休劝田七郎："人的命运都是上天注定的，该来的迟早会来，你这样成天在虎狼群里出没的人，怎么会如此在意生死呢？"

田七郎说："我不怕死，但家中老母亲还在，我不能死啊。"武承休笑着说："怎么又扯到这儿来了，放心吧，没事的。"

"没事最好。"田七郎说，"或许是我想多了吧。"

当晚在床下睡的三个人，一个叫林儿，是个深得主人宠爱的贴身仆人；一个小童，十二三岁，经常跟在武承休旁边端茶递水；另一个叫李应，脾气暴躁而执拗，经常为些小事就跟武承休顶嘴，有时还会争吵起来，武承休一直很不喜欢他。

虽然武承休对田七郎的警示表现出一副满不在乎的样子，但心里也在暗自盘算，最后断定田七郎说的坏人就是李应。

于是，武承休随便找个理由，给了李应一些银两，把他从府里打发走了。

武承休的大儿子叫武绅，娶了一个姓王的女孩子为妻，人长得很漂亮。

一天，武承休出门，把林儿留在家。正是菊花绽放的时节，武承休书房的院子里种了许多名贵的菊花，平常儿媳妇不敢过来看，趁着公公不在家，就偷偷过来赏菊。

没想到林儿见她漂亮，色胆包天，竟然动手调戏。

媳妇想逃走，却被林儿拉住，抱进屋子里，想要非礼。媳妇力气小，无法挣脱，急得大声哭喊，嗓子都喊哑了。

万幸武绅听见媳妇的叫声，及时跑过来，救了媳妇，可是林儿却逃跑了。

武承休回来后，听说此事，勃然大怒。他派人寻找林儿，却四处都寻不见。过了几天才知道，那个家伙投靠到当地一个官员家里去了。

这个官员在京城当御史，家里一切都由他弟弟做主。

武承休一向认为自己也算是当地的名流，向谁开口都会给几分面子。于是亲自写了一封信，向御史的弟弟说明情况，请他把林儿交给自己。

可是他高估了自己的能力，御史家里根本不理他。

武承休恼羞成怒，就写了状子告到了县衙，请县令为自己做主。

县令虽然平时跟武承休关系不错，却也不会为他去得罪京城的大官，只是象征性地出了张传票，就不管不问了。

武承休咽不下这口气，暴跳如雷，恰好见田七郎过来，就把整件事情告诉了他。田七郎听了也非常生气，二话没说，转身就走。

武承休思来想去，觉得不能就这么算了，他派了许多人四处察看林儿的行踪，终于有一天，趁着林儿回家探亲，把他抓了回来。

武承休见了林儿，气不打一处来，亲自拿来皮鞭抽他。没想到一向乖巧的林儿，此时竟有恃无恐，对武承休破口大骂。武承休被气坏了，当场就想打死林儿，被他的叔父武恒劝住。

武恒是个善人，他劝武承休："如果我们打死这个恶奴，气虽然出了，但也免不了要吃官司，不如把他送到官府，按照律法，官府不会轻饶了他。"

武承休听了叔父的话，把林儿绑起来，送到了县衙。

没想到御史家里也送来了信，要求释放林儿。县官权衡利弊，还是不敢惹大官，就把林儿放了，由御史家里的人把他带走了。

这个林儿也是自作孽，回去之后，不仅没有收敛，还到处给人说，武承休的儿媳妇早就跟他好上了。

闲话传到武承休耳朵里，他怒不可遏，不顾身份，亲自跑到御史家门口去叫骂。林儿躲在里面不敢出来。众人都来劝武承休，说闹下去会让人看笑话。武承休骂了一通也算解了气，这才离开。

第二天早上，下人匆匆来报信，说林儿昨天晚上被人凌迟杀死，暴尸荒野。武承休先是一惊，随即哈哈大笑说："恶人的报应，真是立竿见影。"

可没过一会儿，县衙的人就上门通知说，御史大人家到县衙告状，说林儿是被武承休和他叔父武恒杀死的。

武承休心想，杀人可不是小事，就带着叔父一起去县衙，想把事情说清楚。

可是到了大堂上，县令根本不听解释，就叫人动刑。

武承休争辩说："你要说我骂官员有罪，那我认罪，但也跟叔父无关。可是要说我们杀人，打死都不认。"

县令说："大堂之上，不由得你不认！来人哪，先把武恒杖击四十。"

武承休要气疯了，想扑过去，却被衙役死死按住，眼睁睁地看着叔父武恒被压倒在地行刑。那些衙役们都是虎狼壮年，打起人来，绝不留情。武恒年纪大了，身体又不好，没打几下就口吐鲜血，当场咽气了。

县令本想屈打成招，可没料到武恒这么不经打，出了人命，一时有些慌乱，说了几句冠冕堂皇的话，就宣布退堂。

武承休看叔父被活活打死，自己也不要命了，指着县令破口大骂，可县令就像没听见一样，自顾自地走了。武承休虽然悲愤无比，但胳膊终究拧不过大腿，无可奈何，只得痛哭着把叔父抬回家。

回家后，武承休越想越气，却无可奈何，突然想起田七郎，寻思他肯定也得到了消息，怎么也不来看我？难道真像别人说的，是个忘恩负义的人吗？

不会！武承休自认不会看走眼。

稍一转念，他倒吸一口凉气，林儿不会是田七郎杀的吧？可如果是他，干吗要偷偷摸摸，也不跟我商量一下？

前思后想，武承休找了个信得过的仆人，去田七郎家里探问。

可是仆人回来说，田家没有一个人，好像已经搬走了。向村里人打听，也没人知道他们去了哪儿。

武承休带着疑惑，安葬了叔父，下令关门闭户，不再与外人往来。

有一天，御史的弟弟和县令正坐在县衙后院喝茶闲聊，外面进来一个樵夫，衣衫褴褛，挑了一担柴火，说是来给厨房送柴的。

经过两人身边时，樵夫忽然扔下柴担，从柴捆里抽出一把短刀，朝两人砍去。惊慌之中，御史的弟弟伸手去挡，手被整齐地砍断，还没来得及喊疼，又一刀过来，脑袋就掉在了地上。

县令连滚带爬，一边逃命一边大声呼救，那樵夫持刀在后面紧追不舍。

县衙里当差的人听见叫声，纷纷跑过来，见情况危急，让人把门关上，举着棍棒去拦挡樵夫。

樵夫见追不上县令，就停下脚步，反手挥刀，竟然割断了自己的脖子。

所有人都傻了，瞠目结舌地看着血泊里的樵夫，老半天才有个微弱的声音说："这不是猎户田七郎吗？"

县令藏在屋子里，听见田七郎死了，反复询问确认后，才钻出来。只见田七郎脖子断了一半，短刀还死死握在手里。县令钻进人群，弯腰想看个究竟。忽然，那断了半个脖子的尸体，跃然而起，挥刀砍下了县令的头。等县令的脑袋落了地，田七郎的尸体才重新倒下。

县太爷死了，凶手自杀身亡，衙役们害怕担责，也不管尸体，赶紧去田七郎家抓捕他的母亲和儿子。可是村民说，田家好些天前就已经搬走了，谁也不知道他们的去向。

老百姓刺杀朝廷命官是天大的事，何况还有"无头刺客"这样的怪事，半天时间，消息就传遍了街头巷尾。当然也传到了武承休耳朵里，他专程去找到田七郎的遗体，抱着他号啕大哭。

他这样做让很多人不开心，刚好找不到替罪羊，就把他抓起来，构陷他是同谋。武家四处求人，以前那些经常来往的各界名流，唯恐避之不及，都将武家人拒之门外。

没办法，武家只好变卖家产打点关系，倾家荡产才把武承休救出来。

田七郎的遗体被扔在荒郊野外，没有人敢来收尸。

只有天上的飞鸟和地上的忠犬，一直守护着他，不让虫子和野兽破坏。

武承休无罪释放后，收殓了田七郎的遗体，举债为义士田七郎操办了隆重的葬礼，让他入土为安。

几十年转瞬即逝，到武承休八十多岁时，有一位将军登门拜访。一番长聊后，武承休才知道，将军就是田七郎的儿子，当初流落到登州府，改姓为佟，后来参军，跟他父亲一样，上战场如猎场，勇猛无惧，立下赫赫战功，如今被朝廷封为同知将军。

武承休带着他去田七郎的墓前祭奠，从背后看着七郎的儿子，恍若与七郎初见之时。

商三官

"哥——"

一个清脆的声音从商礼身后传来。

商礼转过身，看见一个白色的影子从巷子深处缓缓走出来。光线幽暗，他看不清她的脸。

"哥——"

那个白影再一次朝商礼喊道。

这回商礼听清楚了，那是妹妹三官的声音。

"是……三官吗？"商礼问。

"是我，哥。"

白影的面容渐渐清晰，是妹妹商三官。许久不见，她的脸颊越发消瘦，皮肤白得就像涂了一层粉。

"真的是你！"商礼激动地问，"这些天你到哪里去了？"

半年前，父亲商士禹因酒后替人出头，讽刺了几句当地的豪绅，被豪绅指使家奴暴打了一顿，伤及肺腑，抬回家后，还没来得及叫大夫，就断了气。

商礼和哥哥商臣，写好状子，要为父亲申冤。

没料到豪绅在朝廷里有人，各级官员害怕得罪高官，案子一拖再拖，持续一年有余，最终，只推出一个潜逃家仆来抵罪，指使者却逍遥法外。

商家自然不服，坚持上诉。

商三官十六岁，本来出嫁的日子已经定好，也因为父亲的意外，婚事被搁置下来。

商母不想耽误女儿，就与其夫家商议，先把婚事办了。夫家也同意了，开始筹备婚礼，可三官自己却不同意。

她让人带话给夫家说："父亲尸骨未寒，婚礼绝不能举办。天下人都是爹生娘养的，假使是你家遇上这种事，还会着急举办婚礼吗？"

夫家的人听了这话，也觉得不应该着急，就同意等商父入土为安后再举办婚礼。

可是商氏兄弟的上诉被一再驳回，一家人万般无奈，只能在家里咒骂世道黑暗。父亲的遗体一直停放在家中，哥哥们主张暂不安葬，继续上诉，万一遇到不畏强权的好官员要重审案件，遗体就是证据。

商三官说："明目张胆地杀人都没人管，天下乌鸦一般黑，难道上天会开眼，专门给我们商家送来一个铁面无私的包龙图吗？要是这案子没人管，难道父亲的遗骨就一直暴露在光天化日下吗？"

两个哥哥听了妹妹的话，也就心灰意冷，不再上诉，安葬了父亲。

父亲入土没几天，商三官也失踪了。

母亲担心商三官的夫家责怪，没敢声张，就连亲友也没说，只是私下让两个儿子出门四处寻访。

半年来，商臣和商礼找遍了所有能找的地方，可是商三官却杳无音信，就像已经离开了这个肮脏的世界。

所以商礼看见妹妹突然现身，惊喜交加。他朝妹妹跑过去，可是无论他怎么跑，都无法接近妹妹。

"哥，"商三官说，"父亲的仇已经报了，我要走了。"

"你要去哪儿？赶紧跟我回家吧。"商礼焦急地说，"仇我们不报了。"

商三官凄然一笑："杀父之仇，怎么能不报呢？既然世道黑暗，就不必再期待旁人点亮火烛，我愿做唯一的光。"

她的身体渐渐明亮起来，像一盏玉石雕琢而成的人形灯。她微笑着，变成一道白光，射向黝黑的夜空。

"三官——"商礼大声喊着妹妹的名字，从梦中惊醒。

窗外天色微曦。

上午时，有官府的人找来，传唤商家兄弟。

到了衙门后，他们才知道自己的仇家——那个指使人打死父亲的豪绅，昨晚竟然被人杀了。

原来，昨天是那豪绅的生日，他请来好几个戏班子唱戏助兴。

其中有一个戏子叫孙淳，是豪绅的老相识。他带来两个弟子，一个叫王成，一个叫李玉。

王成相貌平常，但唱功不浅，字正腔圆，博得满堂彩。李玉相貌绝美，如同美少女一般。客人们让他唱戏，他推脱自己戏文不熟，不敢开腔。客人们觉得他好看，就强迫他唱，他只好勉强开口，却不是戏曲，而是一些乡野女孩子唱的民谣小调。众人觉得颇为有趣。

孙淳觉得难为情，就解释说："我这个弟子，学戏时间不长，还没有教授戏曲，只学了些敬酒待客的礼仪，请老爷们不要怪罪他。"

于是，豪绅就让李玉给客人们敬酒，果然，是个很懂得察言观色的人，伺候得大家非常开心。豪绅非常喜欢他。

宴罢，客人们都散了后，豪绅让孙淳把李玉留下来，伺候他睡觉。

李玉十分勤快地为他扫床铺被，端茶递水，宽衣解带，伺候得特别周到。豪绅醉醺醺地说些污言秽语挑逗他，他也不生气，只是微笑。豪绅越发喜欢李玉，就把其他仆人都打发走，只让李玉陪着他。

仆人们刚出门，李玉就用门闩从里面把门别上。仆人们忙了一天，哄笑着到别处饮酒聊天去了。

过了好一会儿，主人房里传来咯咯的声音，似乎是碰撞声。一个仆人去察看，但房子里一团漆黑，鸦雀无声。他刚要掉头离开，忽然里面传来一声巨响，就像有什么悬挂的重物掉在了地上。

"老爷，出什么事了？"仆人赶紧问。

没有人回答，也听不见任何动静。

不会出什么事了吧？仆人心想。

推门推不动，他就跑回去，把所有人都叫了来。众人砸了半天才把门砸开，几个人拿着灯烛进去，都被眼前的场景吓坏了。

主人身首异处，血流了一地。李玉也倒在地上，脖子上还挂着根断了的绳子，应该是上吊自杀，绳子断了。

仆人们赶紧跑去报告了主人的家眷，全家人都聚过来，看着惨烈的现场，不知道发生了什么事。

　　把李玉的尸体抬出来的时候，一不小心脱掉了他的鞋，却发现里面是一双穿着孝鞋的三寸金莲。

　　原来李玉是一个女子！

　　在场所有人都惊骇不已，就把李玉的师父孙淳叫来盘问。

　　孙淳哪见过这样的场面，吓得话都说不出来。好不容易才缓和下来，战战兢兢地说："一个月前，李玉自己找上门来，要当我的弟子。我看她相貌俊俏，就留了下来。这次来祝寿，也是她主动提出要来长见识，没想到竟然出了这样的事。"

　　众人问他李玉的来历。

　　孙淳说："我真的不知道她是哪里来的，就算打死我，我也不知道。"

　　众人你一言我一语，众说纷纭。有人见李玉身上穿着孝服，就联想到了商士禹，怀疑她是商家派来复仇的刺客。

　　晚上，李玉的尸体被放在柴房里，两个看守的仆人看她的容貌不像死人，摸她的身体，也温暖而柔软。仆人怀疑她只是晕过去了，并没有死去。于是两人起了歹念，想侮辱她。

　　其中一个仆人抱起李玉，把她翻转过来，正要脱她的衣服，忽然脑袋像被什么东西重击了一下，大口大口地喷着血，转眼之间就死了。另外一个人惨叫着，跑去叫人。

　　众人赶来，知道了原委，暗自震惊，再也不敢对李玉有丝毫不敬之心。直到天亮，才赶紧跑去报官。

　　官员详细询问了商氏兄弟，才知道商家小女三官离家出走，已半年有余。

商氏兄弟验看了李玉的尸体，果然，李玉就是商三官。

这件事很快就传遍了十里八乡，所有人都为这位奇女子的义举而赞叹、唏嘘。因为商三官已死，她的两位兄长确认与此事没有任何牵连，所以地方官顺应民意，让商氏兄弟领回了商三官的遗体。又明令豪绅家里人息事宁人，不要去商家寻仇。

商三官的遗体回家后，商家厚葬了这位奇女子。出殡当天，来了许多的乡亲，自发为商三官送葬。

看着坟头燃起的香火，商礼想起了三官在梦中说的话——

"既然世道黑暗，就不必再期待旁人点亮火烛，我愿做唯一的光。"

　　山东莱芜县张家台村的张虚一，是山西学使张道一的二哥，为人豪放不羁，百无禁忌，十分有性情。他听说县里有人家里住了狐仙，特别感兴趣，就主动带上自己的名帖，上门拜访，希望能见上一面。

　　到了地方，门扉紧闭，仆人要上去叫门，张虚一连忙制止。他亲自过去，把名帖塞进门缝里。等了好一会儿，门竟自动打开。跟他同来的仆人们被吓坏了，纷纷慌乱地后退。只有张虚一不为所动，他整理了一下衣服，恭敬地走了进去。

　　厅堂里桌椅榻几齐备，却悄无声息，没有一个人。张虚一略微思索，就对着虚空举手行礼，不卑不亢地说："在来此之前，我已沐浴斋戒，仙人既然让我进了门，肯定不会怪我唐突，为什么不干脆出来见个面呢？"

　　话音刚落，就听见有人说："先生能到我这样清冷的地方来，真是十分难得，就请坐下讲话吧。"随着讲话声，两把椅子凭空移动，摆放成相对而坐的格局。张虚一见此情景，心里惊讶，可还是大方地走过去，坐在了椅子上。

　　才坐下，就不知道从什么地方飞来一个雕花的红漆盘，托着两个茶杯，悬在空中。张虚一已见惯不惊，坦然伸手端起一杯。他对面的空椅子上，似乎也有一个人做了跟他同样的动作，"端"起了茶杯。能听见对方喝茶的声响，却始终看不到人影。

喝完茶后，两人又开始喝酒。三杯酒下肚，拘谨的气氛渐渐缓和，话匣子终于打开了。

张虚一问："这茶也喝了，酒也干了，还不知道该怎么称呼您？"

对方说："兄弟姓胡，排行老四，熟人都叫我相公，老兄要是方便，也可以这么叫。"

两人推杯换盏，倾心交谈，发现三观一致、志趣相投，于是越发激动，有相见恨晚之意。张虚一注意到，桌上的下酒菜是用鹿肉和鳖肉为主材，拿紫苏和蓼芽菜调味，味道十分可口。旁边似乎有好些人在端菜倒酒，可是都跟胡四相公一样，只能感觉到，却看不到。

张虚一酒后话多，觉得口干舌燥，刚想叫人倒茶，还没说出口，一杯刚泡好的热茶就放到了面前。这时他才发觉，无论他想要什么，只需动个念头，立马就有人送上来。酒逢知己，张虚一毫不掩饰自己的兴奋，开怀畅饮，直到酩酊大醉，才被仆人送回家。

此后，隔三岔五，张虚一就会去拜访胡四相公，而胡四相公也会回访张家。两人每次见面，都把酒言欢，促膝长谈。一来二去，就成了无话不谈的莫逆之交。

有一次，两人会面时，张虚一问胡四相公："城南有个老巫婆，每天都托狐神给人看病，收了很多钱，不知道她家的狐狸你认不认识？"

胡四相公笑着说："她那是胡说八道骗人的，她家里根本没有狐狸。"

过了一会儿，张虚一去小便，听见旁边有人说："刚才听先生说起城南的狐巫，不知道是什么人，小人想跟您去看一下，麻烦您跟我家主人说说。"

张虚一左看右看，没看到人，知道是胡家的小狐狸，就答应说："行！"

回到席上，他对胡四相公说："你刚才说她家没有狐狸，可我还是不放心，我想带你的手下人去瞧一眼，你看可不可以？"

胡四相公笑说："大哥你怎么还不信我的话，我说没有就没有，没必要跑一趟。"

张虚一说："我就是看不惯她骗人钱财，如果真没有，我就揭发她，免得继续害人。"

胡四相公说："那你想去就去呗，我在这儿先喝着，等你回来。"

张虚一换上衣服，刚出门，马就自己过来了，像是有人牵来的。一路上，张虚一和小狐狸边走边聊。他对小狐狸说："你们无形无影，要是不开口说话，我都不知道你们在不在。"

小狐狸说："先生见谅，这也是不得已的事。不过以后先生走在路上，如果觉得有细沙落在衣襟上，那就是我们在跟着你。"

张虚一笑说："那就最好不过了。"

说着就进了城，径直赶到巫婆家。

巫婆认识张虚一，知道他是官宦人家，马上笑脸相迎说："哎哟，张大贵人今天怎么有空来我这小地方了？"

张虚一也不客套，直接问她："听说你家的狐子特别灵，是不是真的啊？"

巫婆一听这话，马上做出一副严肃的表情说："贵人说话可真难听，怎么能叫狐子？万一叫我家花姐听见了，会不高兴的……"

她话还没说完，不知从哪里飞来半块砖，刚好砸中她的胳膊，砸得她后退了好几步，差点儿摔倒。她又惊又怒，瞪着眼睛叱问："无缘无故，官人怎么用砖头打我老人家？"

"你眼瞎了吗？"张虚一笑着问，"我站着一动没动，你哪只眼睛看见我打你了？可不要仗着家里有狐子就讹我啊。"

巫婆的确是没看见张虚一动手，疑惑不已，不晓得发生了什么。就在这时，又一块石子从天上掉下来，砸中了巫婆的头，一下把她砸倒在地。紧接着又飞来一团团污泥，全都涂抹在了巫婆脸上。巫婆又疼又怕，吓得魂不守舍，大声哭喊，乞求饶命。

张虚一虽然豪爽，可也是善良人，刚出了气，就觉得于心不忍，赶紧请小狐狸饶过她，这才再没有了石头、污泥飞来。巫婆顾不得疼痛，慌忙爬起来逃进屋子里，把门死死抵住，再也不敢出来。张虚一朝里面里喊："你的狐狸能比得上我的狐狸吗？"

巫婆在屋里连声哀求，赌咒发誓自己再也不敢冒充仙家，请仙家饶了她的贱命。

张虚一对着空中说："既然这老太婆知道错了，知错能改，善莫大焉，诸位仙家看在她一大把年纪的分儿上，就饶了她吧。"

然后又对巫婆说："老太婆你别躲了，仙家说不怪你，你出来吧。"

巫婆满身狼藉，战战兢兢地开了门，从里面走出来，看见张虚一，又要跪下求饶、道谢。

张虚一连忙拦住她："你不用求我，也不用谢我，仙家大人大量，看见你年纪大了，生活不易，只要你以后不再假冒狐仙的名义骗人钱财，自然就不会惩罚你。"

话说到这份儿上，巫婆自然不敢不从，对着虚空又是一阵叩拜。

自此以后，每当张虚一独自走路，听见有细沙落下的窸窣声，就知道身旁有狐狸相随，看左右无人，就与狐狸闲谈，从来没有弄错过。有了狐仙为伴，就算他一个人走在荒无人烟的地方，也不担心为虎狼所伤，更不害怕会有强盗抢劫。

如此这般过了一年多，张虚一和胡四相公的情谊也越发深厚。张虚一也问过胡四相公的年纪，可胡四相公说年长日久，记不清了，只是说自己亲眼见过黄巢造反，恍如就发生在昨日。

有天晚上，两人正在喝酒聊天，却听见墙头上有响动，声音越来越大，张虚一要出去看，胡四相公说："不用看，一定是我哥来了。"

张虚一说："既然是你哥，那应该请进来一起喝几杯。"

胡四相公笑着说："不用了。他道行太浅，能捉只鸡吃就很满足了。"

两人继续喝酒，张虚一忽然长叹一声说："兄弟啊，我俩虽然认识时间不算长，但志趣相投，比亲兄弟还要亲，人生得此知己，夫复何求？可是这么久以来，我始终未能见你一面，对我来说，也算是最大的遗憾了。"

胡四相公饮了一杯酒说："交情好就行了，相知何必非得相见呢？"

张虚一点点头说："兄弟说得也是，每天见到形形色色的人，可哪有一个是像兄弟这般的知己。"

又过了一段时间，有天，胡四相公备好酒菜，宴请张虚一。酒过三巡，他向张虚一辞别。张虚一很惊讶，问他："不知道兄弟要去哪里？"

胡四相公说："小弟出生在陕中，现在要回家乡去了。"

张虚一虽然舍不得让他离开，但也不能阻止人回家，只好强颜欢笑地说："兄弟离家日久，是该回去看看，只是山高路远，不知道我们下次相见，会是何年何月了。"

胡四相公说："大哥你经常为没见过我的相貌而遗憾，今天兄弟就让你看一看，以后见了面也能认出来。"

张虚一听他这么说，非常激动，连忙四下打量，却什么都没看到。

胡四相公说："你打开寝室的门，小弟就在里面。"

张虚一起身走到寝室门口，推开门，见屋子里有一位相貌英俊的少年正看着他笑，衣装整洁，清新俊逸，眉清目秀，可一转眼就不见了。

张虚一转身往回走，听见身后有脚步声跟过来，对他说："今天总算弥补大哥你的遗憾了。"

虽然一偿所愿，见到了胡四相公的相貌，但一想到分别，张虚一不禁有些感伤。

胡四相公安慰他："聚散皆是天数，有分别才有重逢，大哥不用放在心上。如果有缘，他日我们自会相见。"

说着，就让小狐狸换了大杯，两人痛快豪饮，一直喝到后半夜，胡四相公才打着纱灯，把酩酊大醉的张虚一送回家。

天亮后，张虚一刚一醒来，就想去送胡四相公。可到了胡家后，却发现故人已去，空余楼阁冷清。

后来，弟弟张道一担任四川学政，可张虚一却依旧过得清贫，再加上他为人豪爽，济困扶危，经常入不敷出，就想去找当官的弟弟，希望得到些资助。

可是张道一虽然是官员，却也跟哥哥一样，性格坦荡，轻财重义，乐善好施，没什么积余钱财。来回一个多月，张虚一白跑一趟。

骑马回来的路上，张虚一心情郁闷，垂头丧气，视一路风光如无物。

忽然，他听见身后有马蹄声，回头看，却是一位骑着青马的少年，衣着打扮看起来像是富贵人家的子弟，温文尔雅，气度不凡。

少年看见张虚一愁眉苦脸，就问他遇到了什么难事。张虚一想，反正也是路人，说出来心里会好受些，就长吁短叹地把事情的原委讲给他听。少年则是安慰了他一番。

两人同行了一里多地，在岔路口分开时，少年忽然对他说："你再往前走，会遇到一个人，他要送给你一样老友赠送你的物品，你一定要收下，不要拒绝。"

张虚一还没来得及问是什么人送的什么东西，少年就打马迅速离开了。他觉得这人真是莫名其妙。

又走了两三里路，张虚一看见路边站着一个白发老仆，只见他快步走来，拦住了他的马，手里托着一个小竹箱，要送给他。

张虚一问是什么东西。老仆说："这是胡四相公敬送给张先生的。"

张虚一立刻就明白了，赶紧接过竹箱打开，竟然是满满一箱白银。刚想问老仆几句话，才发现人已不知去向。

向杲到现在也无法相信，这样的事情，会发生在自己身上。

他自幼不喜读书，热衷拳脚功夫，常与街头小混混发生冲突。每次打完架，回家后都会被父亲斥责，但哥哥向晟总为他开脱。

向晟和向杲不是同一个妈，两人的性格也迥然不同。

向晟性格随和，喜爱读书，气质儒雅，从不与人争执，早早就听从父母之命，娶妻生子。

兄弟俩的感情一向很好，常在一起对饮闲谈。前一阵子，向晟的妻子病故，向杲经常提酒上门，陪哥哥聊天散心。

一次酒后，向晟告诉向杲，他在青楼里认识了一个叫波斯的姑娘。两人情投意合，私下立了婚约。可惜向晟找老鸨商讨时，老鸨索要的赎身费用太高，他无力支付，很是烦恼。

向杲虽同情哥哥，也支持他续弦，可惜自己也没有钱，只能言语宽慰，唏嘘万千。

过了一段时间，哥哥喜滋滋地告诉他，很快就要将波斯迎娶进门了。

向杲问起缘由。

哥哥说："是老鸨自己打算从良，就想先把波斯打发出来。"

"赎身费呢？"

"老鸨本想把她嫁给一个大户人家的公子为妾，但波斯对老鸨说：'你既然想从良，就是想脱离苦海，走出地狱，进入天堂。可如果你让我去当小妾，那跟在青楼里当妓女有什么区别呢？如果非让我嫁，那我就要嫁给向晟。'"

"老鸨同意了吗？"

"原本也不同意，但后来又改主意了，大概是想积德行善吧。她知道我没什么钱，就说她待波斯如亲女儿，虽然女儿想嫁给我，可也不能太寒酸，只要我愿意拿出自己所有的钱当聘礼，她就同意我把波斯娶走。"

"那要恭喜兄长了！"向杲说着，满满地喝了一大杯。

没过几天，向晟果真把波斯娶回家了。

向杲带着礼物上门祝贺，只见哥哥春风满面，一扫往日阴霾。他真心为哥哥的幸福而喜悦。

可是乐极生悲，又过了一月，竟然出事了。

有一天午后，向杲正在酒楼与人痛饮，忽然街上卖鸭梨的小武气喘吁吁地跑来，告诉他，向晟在街上跟人打架，快要被打死了。

向杲听了，扔下酒碗，招呼一声，就赶了过去。

前街的肉铺门口围了很多人，看见向杲，纷纷让出了一条道。

哥哥向晟躺在地上，衣裳破烂，七窍流血，眼看是只有出的气，没有进的气了。向杲悲痛欲绝，怒吼一声，一把拉过旁边的人，询问事由。

原来，向晟上街到肉铺称肉，迎面遇见了庄公子。

双方不知因何吵了起来。

庄公子指着向晟的鼻子破口大骂。起初向晟并未理睬，只想避开，但后来对方越骂越厉害，他没有忍住，就回骂了几句。庄公子指使手下人，用棍棒将他一通暴打，直打到快断气，才带着人离开。

　　这个行凶的庄公子，向呆曾见过几次，但并不相熟。庄家是城里的大户，有人在朝廷里做官，但平常并未听说有什么仗势欺人之举。

　　但哥哥被当街打死，这口气绝不能忍，向呆瞋目裂眦，到肉铺里拿了一把剔骨尖刀，就要去为哥哥复仇。幸而向家有人赶来，死死地把向呆拦下。

　　详细打听后，向呆才知道，当初要娶波斯为妾的人，正是庄公子。

　　庄公子早就看中了波斯，并向老鸨许下重金，可是最终波斯却嫁给了向晟，这让他憋了一肚子火。

　　今日他酒后上街，遇见向晟，趁着酒意，出言辱骂。

　　可向晟并不搭话，对他视若无睹。庄公子认为是向晟看不起他，当街向众人讲他昔日在青楼里与波斯的来往之事，言语污秽，十分不堪。

　　向晟脾气虽好，但事关家人尊严，终于被激怒，出言反击。于是遭到残忍的暴打，并因此而丧命。

　　向家人写了状纸，到郡城衙门击鼓鸣冤。

　　庄公子听闻后，到官府上下打点，把罪责全都推到了一个仆人身上，并打发他逃往外地。向家从县里告到府里，官员都以行凶者未归案为由，一拖再拖，企图不了了之。

向家有冤无处申，满腔悲愤，却无可奈何。

尤其是向杲，内心愤懑，对官府失望之极，决定自己动手，为哥哥报仇。

他探听到庄公子自打死人后，被其父送到乡下的别院，就独自前往，却发现别院戒备森严，无法进入。

他知道庄公子喜爱热闹，不可能长期待在乡下，就每日怀揣利刃，藏匿在别院通往城里的路边草丛里，等待时机。没想到庄公子是个胆小的人，知道向晟的弟弟向杲是"亡命之徒"，担心被报复，就一直躲在别院，坚决不出门。

向杲心想："你躲得了一时，躲不了一世，除非你死在别院里，否则总有被我抓住的一天。"

的确如他所想，一向花天酒地的庄公子，过不惯乡下枯燥的生活。他想出去，可是害怕向杲，请了一批保镖，还是不放心。

城里有个朋友来看他，知道了他的忧虑，就告诉他，汾州有个叫焦桐的人，功夫十分了得，三五个高手都近不了身，可以请来当贴身保镖。

庄公子说："这种人都是自命不凡的侠客，急吼吼地要替天行道，万一他来了后知道实情，反而把我杀了，我图什么呢？"

"公子你是评书听多了，天下哪有那样的人。就算真有，那也不是焦桐。他这个人只认钱，你给的钱越多，他就越听话。"

庄公子埋怨道："有这种人你怎么不早说？"他当即让人带着几大锭银子去汾州请焦桐。

朋友的话没错，焦桐拿了庄公子的银子，就像一头恶犬，紧紧跟在主人身边。庄公子见识了他的手段后，这才放心地带他出门。

焦桐果然厉害，将庄公子护卫得滴水不漏，就连苍蝇、蚊子都别想靠近。向呆试了好几次，也没找到机会。

有一回，他刚想动手，就发现焦桐的弓箭直直地指着自己，箭头上闪烁着幽蓝的光。向呆毫不怀疑，只要他敢动一下，那涂抹着毒药的箭头，就会即刻射入自己的身体。

不过，对他来说，复仇是一辈子的事，不急于一时。

每天早上，他起床洗漱，吃完早饭，就带着干粮出门，埋伏在路边，一直到天黑才回去。

如此日复一日，复仇成了他唯一的信仰。

有人说过，世界上只有一种英雄主义，就是明知无望，却依然坚持不懈。向呆并不想当英雄，却不知不觉成了一个传奇。

经常走这条路的人都知道，路边的草丛里，埋伏着一个复仇者。有些细心的人，通过观察，还发现了向呆埋伏的地点。时间久了，有路人经过时，偶尔还会下马，坐在路旁歇脚，顺便跟复仇者聊聊天，讲些奇闻逸事，说说家长里短。更有甚者，把复仇者当成"树洞"倾吐秘密。有人还会拿来酒肉，在路边摆下宴席，邀请复仇者共饮。

周围的城里人听说此事后，当作奇观。扶老携幼，骑马坐轿，来瞻仰复仇者。还有人专程从别处赶来，点燃香烛，磕头祈福。再到后来，复仇者的名声越来越大，信仰者也越来越多，很多远方的人陆陆续续前来此处"朝圣"。

原本是偏僻荒野，因为复仇者，渐渐聚集成一个村落，一块乐园，一处胜景，一方繁华。方圆数里内，除了向呆藏身之处的一小片灌木，周围所有的花草树木都被游客踩平。

然而，复仇者向杲从未露面。

不知道过了多久，人们终于失去了耐心，一哄而散。村落荒废，乐园闲弃，胜景落幕，繁华散尽。

一日，向杲照常出门，刚埋伏好不久，忽然风云突变，电闪雷鸣。附近早已是一片荒芜，连一棵避雨的大树都找不到。冷风吹来，向杲不禁打起了寒战。

他打算靠结实的身体硬抗，可才过了一会儿，狂风大作，拳头大的冰雹从天而降。他赶紧护住脑袋，没想到冰雹打在身上，竟然没觉得疼痛。

他想大概是身体太冷，已经麻木了吧。忽然想起，半山上有一座破旧的山神庙，干脆去那儿躲躲。他艰难地爬起来，抱着头，朝破庙跑去。

庙虽然破，但足以遮风避雨。

向杲刚一进庙，就看见一个认识的老道士。老道经常到村里化斋，向杲只要遇到，总会给他一些饭菜。

老道看见向杲，说："哎呀，衣服都湿透了，小心着凉。"说着从供桌下面拿出一件长袍，让向杲换上。

向杲看那长袍虽然破旧，但还算干净，就脱掉湿衣服，换上了长袍。破庙四处透风，他只好蹲在角落里，像只狗一样打着哆嗦。

可是过了一会儿，他觉得身体一阵暖和，就像盖上了厚毯子。

低头一看，发现自己竟然长出了一身虎斑皮毛，四肢也变成了锋利的虎爪，一条又粗又长的尾巴，像铁鞭一样在身后摇晃。

向杲心里慌张，想质问老道，可是老道已经不见了。

他又急又气，放声大喊，却发出几声震耳欲聋的咆哮声。这声音传到自己耳朵里，让他的情绪缓和下来。

他心想，花了这么长时间，也没能复仇，主要还是因为自己的功夫不够厉害。如今上天给了机会，让他变成了强大的老虎，到时，一定要把仇人的骨肉吞下肚子，才能解心头之恨。

他跑回自己一直埋伏的地方，却呆住了。

草丛里，竟然躺着一具尸体，不是别人，正是向呆自己。他这才知道，原来不知什么时候，自己已经死掉了。只是尸体并没有腐烂，也没有被鹰鸦豺狼们糟蹋，应该是复仇的强大意志保护了身体。

没过多久，向呆的死讯就传到了庄公子的耳朵里。

他虽喜出望外，但还是不放心。于是带上焦桐和保镖们，去现场探查。

那天阳光灿烂，碧空如洗，一众人簇拥着庄公子来到荒芜的原野。在草丛里，他们的确看到了复仇者向呆的尸体，他像所有死人一样，一动不动。

强烈的喜悦感像一股洪水，刹那间淹没了庄公子。

他想起这些年提心吊胆的生活，百感交集；想到从此以后，就可以无所畏惧地活在世界上，心潮澎湃。他咧了咧嘴，竟然没有笑出来。

似乎没有想象中的开心，他觉得奇怪，但随之就听到一阵风声呼啸。一只吊睛白额大猛虎从身后袭来，一口就咬掉了他的脑袋。

咔嚓咔嚓！

等焦桐反应过来，庄公子的脑袋已经被老虎吞下了肚子。

他一箭射出，正中老虎腹部。箭头上的毒药见血封喉，老虎只挣扎了几下，就倒地死掉了。

出了这样的事，谁都无法想到，只能归结为命运。

焦桐让家丁们抬上庄公子和老虎的尸体，直接前往衙门。人证物证俱在，他也算不上失职。

他们离开不久，草丛里的向杲竟然醒了过来。

他浑身乏力，就像生了一场大病，一动也不能动。躺了很久，才强撑着坐起来。他打量着自己的身体，的确恢复了人形。他又在草丛里躺了一夜，直到次日凌晨，才勉强站起来，精神萎靡地走回家。

家人正为他好些天不回来而着急，外面传说他已经死了，却看见他自己回来，家人又惊又喜，赶紧围上来问长问短。

可向杲一进屋，就躺在床上，脑袋麻木，身体疲惫，一句话也不说。

家人说起庄公子离奇的丧命方式，都激动地说："这是上天的报应！"

向杲向家人说老虎是自己，他们都不相信。他把整个奇异的经历详细地讲了一遍，可家人还是半信半疑，以为向杲为了复仇已经走火入魔了，还把他说的这些当笑话讲给别人听。

一传十，十传百，话传到了庄公子父亲的耳朵里。

听闻此事，他第一时间就跑到官府，告向杲用妖术杀人。

庄公子在众目睽睽下被老虎咬死。行凶的老虎，也已被焦桐射杀。

案情如此明朗，倘使根据无稽之言，非要冤枉一个无辜者，也不是不可行。人类历史上，混淆是非、指鹿为马者，比比皆是。关键是任何行为，都要计算利益与风险。

　　他们算出，冤枉一个远近闻名的复仇者，利益且不说，风险就不可控。官员谁都怕自己挨刀。

　　虽说变虎噬人的说法荒诞不经，但谁又敢真的去求证呢？

　　这件事就这么不了了之了。

竹青

　　鱼客饿得发慌，饿到几乎忘了落榜的伤心。

　　他是湖南人，住在村里，却一心想做官。家中积攒几年的收成，刚好够他进城去考一回试。考上就能平步青云，不用愁回来的路费，甚至不用自己走路，有高头骏马或八抬大轿。但考不上，就得原路返回，盘缠肯定是不够了。虽饥肠辘辘，也不能去乞讨。毕竟是读书人嘛，这样做有辱斯文。

　　他心想，饿死也就好了，饿死就不饿了。但在饿死之前，还有很长一段的清醒期。饥火烧肠，肚子里宛若有一炉火在炼丹，成丹前的金汁儿沸腾着，在五脏六腑翻滚，发出咕噜噜的声音。

　　向人乞讨，有失身份；但向神祈祷，就是另一回事了。

　　他在吴王庙里，对着神像祈祷好一会儿了，并没有什么用，反而越发难过了。身体疲软，眼前发黑，差点儿瘫倒。他真想就这么倒下算了，可他是读书人啊，倒在神像面前，太失礼了。他强撑着站起来，挪动发麻的腿脚，走出神殿，便再也走不动了，只能躺在廊下。

　　吴王庙建在湖边，庙旁有一片林子，有大群乌鸦在林间出没。或盘旋在半空，或在林中穿梭跳跃，或停留于屋脊上。它们聒噪的叫声，与鱼客肚子里的响声此起彼伏。

"我为什么不是一只乌鸦呢？"

他心里有了这样一个念头，但仅仅只是个念头，他已经没有力气继续思索。一阵困意袭来。终于要睡着了吗？睡着就不会饿了。可刚要睡着的时候，一个黑衣人走过来叫醒了他，说："快来吧，吴王要见你。"

"要见我？"鱼客问，"我要死了吗？"

"快来吧。"黑衣人催道。

鱼客只好跟着黑衣人走。他见到了吴王。

他看清了吴王的相貌，却描述不出来，每当他试图记住时，吴王的样子就变了，似乎时光一刻不停地在他脸上流动着。

黑衣人跪在吴王面前说："黑衣队恰好空出个位置，可以让他补缺。"

"你愿意吗？"吴王和蔼地问道。

为什么神仙都让人选择，人却非要自己一条路走到黑呢？他想了想说："我愿意。"他说出这句话时，还不清楚自己愿意干什么。

"那就好。"吴王冲黑衣人点点头。

黑衣人走过来，拿出一件黑衣，披在鱼客身上。鱼客变成了一只乌鸦，他扇着翅膀飞了出去。同伴们都在等他，看他出来，就带着他飞向湖边，在湖上往来游船的桅杆间穿行。

船上的旅客争着把肉抛向它们，乌鸦们就在空中接着吃，鱼客也学着它们的样子吃肉，不一会儿就吃饱了。他落到树梢上，想打个饱嗝儿，却发出了第一声鸦叫。

这时，飞过来一只小雌鸟，对他说："我叫竹青，吴王担心你孤单，让我来陪伴你，希望你不要嫌弃。"

鱼客说："我才做乌鸦，还要你多多关照。"

有了竹青的照料，鱼客很快就学会了如何做乌鸦。原来做乌鸦是这么愉快的事啊！愉快得很纯粹，前半生做人受的苦，他再也想不起来了。竹青告诉他，其实乌鸦也有危险，但鱼客还不能体会。

有一天，一艘满载士兵的船驶过，鱼客正沉浸于飞翔的喜悦，掠过船桅时，被士兵用弹弓打中胸口。鱼客只觉得一阵疼痛，就晕厥过去，身体像块石头般坠落。幸好竹青拼命赶到，衔住了他，将他叼走，带回吴王庙的走廊上，才没被人捉住。

鱼客的胸口被弹弓打穿了一个洞，鲜血汩汩地涌出，眼看没气了。竹青看着他，泪流满面，它悲伤的啼鸣声唤来了更多的乌鸦。大家都很气愤，一起飞出，遮天蔽日，拍打着翅膀，扇起大浪，将船掀翻。乌鸦们的啼鸣，让洞庭湖上所有的船都为之震颤。

竹青叼来很多食物和水，想救活鱼客，可是鱼客始终在昏迷。竹青用自己的翅膀抚摸着鱼客的全身，在他耳边轻轻呼唤："醒来吧，快醒来吧……"

鱼客的意识逐渐迷糊，却因竹青的呼唤而没有丧失。不知道过了多久，他的身体猛一颤动，睁开了眼，发现自己仍然是人，躺在吴王庙的走廊上。身边有一个农夫。

"总算醒来了。"农夫说。

原来农夫路过吴王庙时，以为他死在了庙里，摸他的身体，却还没有凉，鼻孔还有微微的气息。农夫一直呼唤他，可是他却毫无回应。农夫回家后还不放心，不时过来看看他，终于把他唤醒了。

"你这是怎么了？"农夫问。

"我应该是饿晕过去了。不过……"他向农夫讲了自己变乌鸦的事。农夫听了微微一笑："怪不得，你在梦中又喊又笑，双臂还不住地呼扇，原来是梦见自己会飞了啊，但梦总是会醒来的。"农夫说完，从自己的包裹里拿出了一些干粮给鱼客。

原来是个梦啊。鱼客谢过农夫后，怅然若失地返回了家乡。

三年后，他攒够了盘缠，再一次去考试，结果再一次落第。返回时经过吴王庙，他想起了竹青。他买了一些肉块，撒在庙前，看着一大群乌鸦啄食，他对它们说："你们谁是竹青？如果是竹青，请留下来。"可是乌鸦们吃完，一起飞走了。

三年又三年，鱼客终于金榜得中，衣锦还乡。途经吴王庙时，准备了猪羊厚礼去拜祭。祭拜完毕后，又在庙前摆放了很多食物，招待当初的乌鸦同伴，心里默默念叨着竹青，希望它能出现。

当天晚上，他把船泊在湖畔过夜，正坐在灯下读书，忽然看见一只飞鸟落在桌前，然后化为一位二十多岁的美丽女子。

女子笑着说："别来无恙啊？"

鱼客吃惊地问："您是哪一位？"

女子说："你不是一直在叫竹青吗？怎么见了反而不认识了？"

"你是竹青？"鱼客又惊又喜，"你是从哪里来的啊？"

"我现在是汉江的神女，回来的机会很少，此前乌鸦使者两次传达了你的情意，所以特地来看你。"

鱼客又激动又开心，急不可待地向竹青表达了自己的思念之情。两人情真意切地说了许多话，就像热恋中的情人一样。

鱼客想带竹青前往南方，而竹青却邀请鱼客一同往西，两人商量了大半夜，也没定下来，就先睡了。

第二天一早，鱼客醒来，见竹青已经起来了。他揉了揉眼睛，发现自己已经不在船上，而是在一栋宅子里，高堂上，巨大的蜡烛通明璀璨。鱼客惊坐而起，问："这是什么地方啊？"

竹青笑着说："这里是汉阳，我的家里，我的家就是你的家，何必要去南方呢？"

天色大亮，丫鬟们鱼贯而入，端来了酒菜。竹青吩咐在大床上摆放矮桌，与鱼客对坐饮酒。

鱼客问："我的那些随从在哪里？"

"还在船上。"

"他们要是发现我不在，肯定会担心的。"

"不妨事，我会让人通知他们的。"

于是他们日夜相守，鱼客沉迷于温柔乡中，乐不思蜀。

船夫醒来后，忽然发现船已经到了汉阳，十分震惊。这时鱼客的随从们也醒了，发现鱼客不在，十分害怕，下船到处打听，却毫无所获。船夫想解开缆绳到别处去，可是无论如何都解不开，他们只好一起在船上等。这一等就是两个多月。

鱼客对竹青说："我跟你在这里，与外界都断了联系，既然我们已经是夫妻了，你也应该去我家里认一认家门才对。"

竹青说："别说我不能去，就算去了，你家里已经有了妻室，该怎么安置我呢？不如我就留在这里，当作你的另一个家吧。"

鱼客说："可是路途这么遥远，来往又不方便……"

竹青取出一件黑衣说："这是你以前穿过的衣服，如果你想念我的话，穿上这件衣服，就可以飞来这里，到时我再帮你解开。"

竹青摆下酒宴为鱼客送行，两人山盟海誓，说了许多话。鱼客酩酊大醉，一觉醒来，发现自己已经在船上了，而且船又回到了洞庭湖畔。船夫和随从看见鱼客，惊问他去了哪里。

鱼客也十分惊讶，扭头看见枕头旁边有一个包裹，里面是一些衣服，其中就有那件黑衣。还有一个绣花的口袋系在自己腰上，里面装满了钱。鱼客继续按计划向南，到了对岸后，给了船夫丰厚的酬劳。

鱼客回家后，对家人绝口不提竹青之事，但内心对竹青的思念与日俱增。终于有一天，他悄悄拿出黑衣服，披在身上，顿时两肋生出翅膀，呼扇着就飞上了天空。鱼客寻着方向，大约两个时辰，就飞到了汉水。他在空中盘旋着观察，在一座孤岛上，看到有一栋熟悉的楼房，便飞落下去。

还没落地，就有丫鬟看见了他，高声喊："官人回来了！"众人都围上来，一会儿竹青也出来了，让人帮鱼客脱掉黑衣服。鱼客顿觉一身羽毛都脱落了。

竹青笑着说："你来得倒是时候，我刚好也要临产了。"

鱼客开玩笑说："生出来是人，还是乌鸦呢？"

竹青说："我现在是神，皮肉、骨头都已经重塑，与过去已经全然不同了，到时候你就知道了。"

没过几天，竹青果然生了。孩子生下来时，裹在一层胎衣里，像一个巨大的蛋。打开后，是一个男孩。鱼客为了纪念这个时刻，给儿子取名为"汉产"。

三天后，汉水的女神们都来祝贺，送上许多珍贵的礼物。她们一个个都年轻貌美，尽态极妍，看得鱼客目瞪口呆。她们进屋后走近床边，都用拇指按一下孩子的鼻子，为孩子祝福"增寿"。

等她们走后，鱼客问："刚才来的都是什么人啊？"

竹青说："她们都是我的同辈，那个身穿藕白色衣服的，就是西汉刘向《列仙传》中，赠送郑交甫佩珠的女神。"

鱼客在汉水住了几个月后，竹青用船送他回去。船既不用帆，也不用桨，自己就会在水面上漂行。等到了岸上，已经有人牵着马在等候，鱼客便上马返回家中。

自此以后，鱼客经常往来于家与汉水之间。

就这么过了好几年，汉产已长得俊秀可爱，鱼客对其视若珍宝。鱼客的妻子和氏一直没有生出孩子，她听鱼客讲过竹青和汉产，就非常想见汉产一面。

鱼客把妻子的想法告诉了竹青，竹青便准备行装，把他们父子一同送回家。本来约好三个月后便把汉产送回去，可是和氏特别喜爱汉产，把他当成了自己亲生的孩子，迟迟舍不得送走，一连拖了十几个月，还是不想让他走。

忽然有一天，汉产得急病死了。和氏悲痛欲绝，鱼客赶紧跑去汉水告诉竹青，可是一进门，却看见汉产光着脚，躺在床上玩耍。

鱼客惊喜地问："这是怎么回事啊？"

竹青说："这么长时间都不把孩子送回来，我也想他，就把他叫回来了。"

鱼客赶紧对竹青解释说，和氏是多么多么喜爱汉产。

竹青说："就算你不说，我也是理解的，等我再生了孩子，就让汉产回去。"

又过了一年多，竹青生了两个孩子，分别取名为"汉生"和"玉佩"。于是，鱼客把汉产带回了家，但还是约好三个月要往来一次，让竹青与其相见。可是鱼客觉得，这么来来回回，一年要跑三四趟，太不方便了。干脆与妻子商量后，把家搬到了汉阳。

汉产长到十二岁时，进了郡学学习。后来等他到了成亲的年纪，竹青认为人间没有女子可以配得上他，把他召回去，为他娶了个媳妇。媳妇的名字叫厄娘，也是神女的女儿，两人成亲后，才又回到汉阳。

又过了好些年，和氏去世了，汉生和妹妹玉佩都来为其送葬。安葬完毕后，汉生按照母亲的嘱咐，留了下来。

鱼客带着女儿玉佩乘船离开，从此以后，再也没有人见到过他。

娇娜

孔雪笠是孔子的后裔，为人温和敦厚，才华横溢，擅长写诗。

他有个意气相投的好友，在浙江天台县任知县，来信请他过去。孔雪笠在家无事，接到邀请，心里欢喜，当即收拾行李，与家人辞别后，就上路了。

可人有旦夕祸福，孔雪笠才到天台县，朋友就生病去世了。他只带了来的路费，本打算来此落脚后，在官员朋友的推荐下，到大户人家去讲学，赚些日常花销。可是朋友的去世让他猝不及防，以至于身无分文，回不了家不说，就连吃饭都成了问题。

人生地不熟，眼看就要流落街头，恰巧经过普陀寺，见寺院里的和尚在抄写经文，就主动提出帮忙。孔雪笠自幼读书习字，一手蝇头小楷，典雅秀丽，和尚看了十分欢喜，就留下他抄经。虽说是义工，但斋饭管够，也有干净的禅房可住，一时不用再为吃住犯愁。

空闲时候，孔雪笠也经常出去，在林间散步，排遣郁闷心情。

出寺院往西百十步，有一处颇为气派的府宅，却一直空置无人。听庙里的和尚说，府宅的主人是一位姓单的先生。单家本是大户，因前些年卷入一场大官司，以致家道中落，把仆人、丫鬟打发走后，家里人丁稀落，进项也不多，住着大宅子开支太大，所以一家人就搬到乡下去住了。偌大一座雅致的宅子，就一直这么空着。

有一日，天降鹅毛大雪，路上行人罕见。孔雪笠踏雪归来，经过单府门前时，忽然见一位长相俊美的年轻人从里面走出来。年轻人看见孔雪笠，就主动过来打招呼，态度相当恭敬，一看就是大户人家有教养的子弟。

两人交谈了几句，颇为投契，年轻人就热情地邀请孔雪笠到府里做客。

孔雪笠对他颇有好感，见他诚心相邀，就没有客套，跟着他进了宅子。

宅院里的房屋虽不算太宽敞，可装饰处处可见匠心，房子里悬垂着丝绸帷幔，墙上挂着古人字画。孔雪笠大略看了一遍，就知此间主人品位不俗。又见桌上放了一本叫《琅嬛琐记》的书，便顺手翻阅起来。他自认也算是饱读诗书，可此书里的内容却闻所未闻。

仆人送茶进来，两人坐下来聊起闲话。

孔雪笠心想，这个年轻人既然住在单家的府宅里，自然是单府的公子，也就没有多问。他主动向公子说起自己的离奇经历。公子听了不胜唏嘘，劝慰他说："你有这么好的学问，天天在庙里抄经，太浪费了，为什么不自己开个学馆，招些学生传道授业呢？"

孔雪笠叹息说："我本是异乡人，在此举目无亲，想要到大户人家里去当老师，必须有身份尊贵的人引荐才行。"

公子眼珠一转说："先生要是不嫌我愚笨，我愿意拜你为老师。"

孔雪笠听他这么说，开心地说："我们年纪相仿，我怎么能当你的老师呢？如果公子愿意，我们以朋友互称就好了。"

公子不拘小节地摆摆手说："称呼以后再说，但你这个老师我算是定下了。"

两人都是性情爽朗的人，相视哈哈大笑起来。

孔雪笠问："你家这么大一个院落，为什么长期锁着呢？"

少年说："先生有所不知，这里本是单家的府第，但是单先生一家搬到乡下去住了，长期空置着。我复姓皇甫，祖上世代居住在陕西，只因家宅被野火烧毁，才搬到这里暂住。"

孔雪笠这才晓得公子并非单家人。

当天晚上，两人促膝交谈，甚是愉悦，一直聊到很晚。公子留孔雪笠住下来，当夜，两人同榻而眠。

次日拂晓，府上的童仆进来生火。公子先起床去了内室，孔雪笠觉得寒冷，包着被子坐在床上。这时，有个下人进来说："太公来了。"

孔雪笠慌忙起床，就见一个白发苍苍的老翁走了进来。他见了孔雪笠，言辞恳切地说："先生乃圣人之后，不嫌弃我这孩子顽劣愚笨，愿意教他读书，我真是感激涕零。这孩子刚开始学习诗文，正需要先生这样的名师，先生该管就管，该训就训，可千万别因为和他是朋友，就把他当同辈对待。"

老翁吩咐下人给孔雪笠送来一套绸缎衣服、一顶貂皮帽子、一双新鞋和新袜子。等孔雪笠洗完脸、梳好头后，他又让人端上酒菜。孔雪笠这才注意到，这里不论是桌案、床榻，还是长袍、衣衫，全都很特别，精致典雅，赏心悦目，是自己以前从未见过的好东西。

在餐桌上，老翁向孔雪笠频频敬酒，一连好几杯后，才起身告辞，拄着拐杖离开。公子这才进屋上桌，和孔雪笠坐下来一起吃饭。

饭后，公子把自己平常所写的文章拿给孔雪笠看，孔雪笠注意到，无论内容还是言辞，都是些古诗和古文，并没有科举应试要学的八股文，十分好奇，就问他原因。

公子笑着说："我对古诗文纯粹是爱好，并不想去考取功名，没必要去学那些死板的八股文章。"

两人白天授课，谈论诗文，颇为快意。

当天晚上，公子让人拿来酒，一边烫，一边对孔雪笠说："咱们今晚再尽兴地喝一回，从明天起，就不允许了。"他又把童仆叫来，嘱咐说："你去看看太公睡了没，要是睡了，就把香奴叫过来。"

童仆出去后，没过多久就回来了，还拿来一把套着锦袋的琵琶。又过了一会儿，门口进来一个女孩子，衣着绮丽，婀娜多姿，明眸皓齿，巧笑倩兮。

公子向孔雪笠介绍道："兄长，香奴是府上的琴师，琴技精湛非凡，寒夜煮酒，就请她来给我们弹琴助酒兴吧。"说着他让香奴弹一曲《湘妃怨》。

香奴手持象牙拨片，在琴弦上悠悠起舞，琴声忽而激昂高亢，忽而凄美婉转，虽然这乐曲旋律孔雪笠非常熟悉，可节奏却与往日他人所弹者迥异。

有美人在侧，有琴声相和，孔雪笠和皇甫公子的酒越喝越有滋味，后来公子干脆让人换成大杯，两人开怀畅饮，一直喝到三更天才结束。

从第二天起，每日破晓，两人就起床读书。公子天资聪慧，读书时过目不忘，即刻就能默诵如流。如此过了两三个月，他已经能写出很有见地的文章和文采斐然的诗。

两人约好，每隔五天，就喝一次酒。每次喝酒，都要叫香奴来弹琴助兴。

有一次，孔雪笠趁着酒意，激情萌动，痴痴地盯着香奴看。公子跟他讲话，他似乎都没听见。公子立即明晓了孔雪笠的心思，笑着对他说："香奴是我父亲收养的，我不能为她做主。但兄长长期独居在外，身边没有妻室可不行，我早就为你盘算过此事。兄长放心，我保证给你找一个称心如意的妻子。"

孔雪笠说："兄弟真要给我找好妻子，一定要找香奴这样的。"

公子哈哈大笑说："兄长不是我说你，香奴这样的你就称心的话，你也太容易满足了。"

孔雪笠讪讪一笑，毕竟香奴在场，也不好说太多，便定下心神，继续喝酒听琴。

如此这般，在单府一住就是半年。这天，天气闷热，孔雪笠想起多日未出门，趁着公子在研读《诗经》，就想独自到郊外林间纳凉解暑。走到大门口，发现门从外面反锁着。他觉得怪异，就去问公子缘由。

公子说："父亲担心我出去游玩，乱了心性，荒废学业，才用这种方式谢绝客人。"

孔雪笠听他这么说，也就没有多问。但盛夏时分，屋子里憋闷，待一会儿就会大汗淋漓。孔雪笠就和公子商讨，把书房搬到了花园的亭子里。

作为北方人，孔雪笠一直无法适应南方的湿热，入伏没几天，胸口竟然生出一个热疮，刚开始只是桃子大小，一夜之间竟然长到了碗口大。他痛苦不堪，日夜呻吟。

公子白天、晚上都陪着他，也是寝食难安。

过了几日，脓疮不仅没有好转，反而越来越严重。太公来探望了几次，也是束手无策，只能唉声叹气。

公子对太公说："父亲不用太焦虑，前天晚上我突然想起，娇娜妹妹应该可以治孔先生的病。"

太公脸上一喜，说："对，娇娜医术神异，赶紧派人把她叫回来给孔先生医治。"

公子说："昨日我已让人到外祖父家叫她去了，不知道为什么还不回来。"

话音未落，仆人进来说："娇娜姑娘回来了，一起来的还有姨妈和阿松姑娘。"

太公和公子赶紧出门去内室见客。

不一会儿，公子带了一个小姑娘进来，看样子应该就是公子说的妹妹娇娜。

娇娜十三四岁，眼波里流淌着柔媚与聪慧，身材婀娜多姿。孔雪笠看见如此靓丽的女孩，身体的痛苦顿时轻了一半，精神也好了许多。

他听着公子对娇娜说："孔先生是哥哥最好的朋友，比亲兄弟还亲的那种，烦劳妹妹为他精心医治。"

娇娜收敛起少女的羞容，挥动长袖，靠近床边，开始诊治。当她伸手把脉时，孔雪笠闻到她的身上散发出阵阵芳香，简直比兰花还要芬芳，不由得心神荡漾。

诊完脉后，娇娜笑着说："孔先生这是先有了心病，后动了心脉啊。"

公子忙问："严重吗？可以医治吗？"

娇娜说："病虽然严重，但还未入膏肓，只不过已经化脓，必须得割皮削肉了。"

孔雪笠强忍着疼痛说："全凭娇娜姑娘处置。"

娇娜微微一笑，也不说话，轻挽衣袖，摘下自己的金镯子，放在患处，手上着力，缓缓按了下去。眼看那肿烂的伤口，高高鼓起，超出镯子一寸有余。脓包根部的余肿，全都被束在镯子里面，看着不像之前有碗口那么大了。

娇娜撩起衣襟，解下一把精致的佩刀，刀刃看上去比纸还要薄。

她一手按着镯子，一手握着刀，顺着脓疮的根部轻轻切割。伤口处源源不断地渗出紫色脓血，把床单都染脏了。可此时的孔雪笠，着迷于娇娜的美姿，不但没觉得痛苦，反而希望她割的时间能再长一些，自己也能多依偎一会儿。

可是并没过多久，伤口腐烂的肉已经全被剜了下来，放在旁边的盘子里，拳头大一团，就像是林间病树上的树瘤。

娇娜叫人打来水，把伤口清洗干净。

接着，孔雪笠看见，娇娜从嘴里吐出一颗红色的小球，像弹珠般大小，放在伤口上，手按着转圈。才转了一圈，孔雪笠就觉得胸前发热，如骄阳炙烤；第二圈时，伤口开始发痒，如春芽萌发；等转到第三圈，只觉得浑身清凉舒爽，如有山涧溪流，一直流入骨髓深处。

娇娜收起红丸，放回口中，说："好了！"说完也不再多言，快步走出了房门。

孔雪笠连忙从床上跳起来，追上去道谢。折磨多日的病痛，竟然一下子就消失得无影无踪，就像是健康人一样。

可是，身体的病好了，心里的病却犯了。自此开始，他只要一想起美丽的娇娜，就无法自已，成日茶饭不思，无心读书，干什么事都心不在焉。

公子看出了他的心思，就对他说："兄长，上次说起给你寻找伴侣的事，小弟物色多时，终于找到一个般配的。"

孔雪笠赶紧问："是谁？"

公子说："是我的一个亲戚。"

孔雪笠一听这话，知道不是娇娜，沉吟良久才说："不必了。"他站起来，缓缓地走到墙边，对着墙壁吟出两句唐朝元稹的诗："曾经沧海难为水，除却巫山不是云。"

公子知道他想着娇娜，就对他说："我父亲敬重你博学多才，经常说想跟你结成姻亲，可是我只有一个亲妹妹，年纪还太小，不到出嫁的年龄。不过我姨妈家有个女儿，名叫阿松，长得也不难看。如果你不信，阿松姐每天都会到园子里来赏花，你悄悄躲在厢房里看下，如果你看不中，就当我没说，倘若刚好看中了，那岂不是一桩好事？"

孔雪笠也不想驳公子的面子，就说："那就按你说的办吧。"

第二天，他按照约定好的时间，躲在了厢房里。没过多久，就看见娇娜陪着一个女孩子进了园子。那女孩明眸皓齿，玲珑剔透，亭亭玉立，气质娴雅，容貌与娇娜不相上下。

孔雪笠一见生情，特别欢喜，就马上请公子做媒。转天一大早，公子就带来喜讯说："恭喜兄长，好事成了。"

双方商定了日子，太公让人专门腾出一处院子，为孔雪笠和阿松操办婚礼。婚礼当日，鼓乐喧天，热闹非常。

进了洞房，孔雪笠看着阿松，心想如此神仙一般的女子，竟然跟自己同床共枕。恍惚之间，仿佛置身于月宫之中，却又觉得月宫也可能就在人间，就在今时此地。

对于这桩婚姻，孔雪笠非常满意。成婚以后，他觉得自己已经过上了前所未有的幸福生活，只愿如此度过此生，再无所求。

有一天，公子急匆匆地赶来，对孔雪笠说："这么长时间以来，兄长对我的教导，让我获益匪浅，终生难忘，真希望能一直跟着兄长学习，但是最近单先生家的官司打完了，要搬回来住，催着我们搬走……"

孔雪笠忙问："不知道要搬去哪里？"

公子说："我们的老家在陕西，自然要搬回西边去。不过一想起以后我们相隔千里，山水迢迢，见面的机会可能很少，心里就很是慌乱而郁闷。"

孔雪笠说："兄弟不必如此，我可以跟你们一起去陕西。"

公子说："人都说落叶归根，每个人最终都要回到自己的家乡。兄长离家已有几年，也应该回去看看父母才是。"

孔雪笠叹息说："你也知道，我是流落到此地，如果没有你们收留，我还在寺庙里抄经呢。我也想过回家尽孝，可是一则没有路费，二则路途遥远，阿松跟着我要受罪了。"

公子说："兄长不用为此忧心，此事就包在我身上。"

过了一会儿，太公带着阿松过来了。离愁别绪之下，说了一会儿话，太公就拿出一百两黄金送给孔雪笠说："先生对小儿的教导之恩，我们非常感激，区区百金，聊表谢意。"

孔雪笠是心怀坦荡之人，也没有客气，道谢后就大方地收下了。

太公对公子说："时间也不早了，你早点送孔先生和阿松回去吧。"

公子点点头，走过来，双手分别拉住孔氏夫妇的胳膊，孔雪笠正诧异，公子却吩咐他们闭上眼不要看。孔雪笠只好依言而行，眼睛刚闭上，就觉得自己已然腾空而起，脚下飘飘忽忽，耳边尽是呼呼的风声。

孔雪笠本想开口询问，可是罡风扑面，连嘴都张不开。

幸好没过多久，就听见公子说："到了！"

孔雪笠睁眼一看，果然已经到了自己熟悉的家门口。这才知道公子不是凡人。

久别重返，他心里一阵激动，忙不迭地跑过去敲门。开门的是年迈的母亲，她看见儿子，不禁喜极而泣。一番安慰后，孔雪笠向父母亲介绍了自己的妻子阿松，父母自是一阵欣喜，拉着儿媳问长问短。

孔雪笠又想把皇甫公子介绍给父母，却发现不知什么时候，公子已经悄悄离开了。孔雪笠望着他们来时的方向，心里一阵怅然。但不忍扰了父母的好心情，只得装出若无其事的样子。

阿松冰雪聪明，看见夫君如此，自然知其所想。

等安顿好后，夫妻独处时，她才对孔雪笠说："相聚离别，皆是命数，若是缘分未尽，终有相见之日，夫君不必伤感。"

孔雪笠听她这么说，心里宽慰许多，笑着对她说："有妻如此，夫复何求啊！"

阿松在家孝敬公婆、爱护丈夫，出门能与乡亲四邻和睦相处，言谈举止，气质非凡。人人都夸孔雪笠娶了个好妻子，乡里人说，这是孔家先祖积了大德，福荫后代子孙。

过了几年，孔雪笠考中了进士，被任命为延安府推官，他想带全家去上任，但二老嫌路远，行路不便，就没有去。

在延安府任职期间，阿松怀孕了，孔雪笠喜不自禁，每日公事之外，精心照料阿松。十月怀胎，一朝分娩，阿松生了个儿子，取名小宦。

可没过多久，孔雪笠因言语不慎，得罪了朝廷的高级巡查官员，被撤职听候查办，一时还不允许离开。

孔雪笠也无所谓，在家读书、逗儿子，自得其乐，偶尔出去打猎散心。有一次，在郊外打猎时，远远看到一个骑黑马的俊美年轻人，只觉得眼熟。走近一看，竟然是皇甫公子。两人赶紧拉缰把马停下，久别重逢，悲欣交集。

公子说自己就住在附近，邀请孔雪笠去自己的住处。

他们骑马进入一个村落，此地树木丰茂繁盛，枝叶遮天蔽日，幽静而隐秘。到了公子家门口，孔雪笠看见厚重的大门上嵌着包金圆钉，像是豪门大户一般。公子把孔雪笠带进门，两人相对而坐，聊起近况。孔雪笠向公子问起娇娜，才知道她已经嫁人。公子又提起阿松的母亲已去世了。两人心头黯然，顿时悲从中来，感慨世事无常。

孔雪笠住了一晚后，第二天又回去把妻儿接来。阿松因母亲离世而万分悲伤。恰好娇娜过来了，姐妹相拥，叙起离愁别绪，难免落泪。

娇娜对孔雪笠和阿松的孩子甚是喜爱，她开阿松的玩笑说："姐姐你乱了我们的血统了。"孔雪笠听了心里疑惑，但也没有追问。

他再次拜谢了娇娜的救命之恩。

娇娜笑着说："姐夫富贵了还记得我们，好了伤疤还没忘了疼，人品不错！"

娇娜的丈夫吴郎，相貌清秀，性格颇为腼腆，也来拜见孔雪笠，双方相谈甚欢。孔雪笠一家在此住了两晚，约好会经常过来后才离开。

当孔雪笠又一次带着妻儿来串门时，发现府里上下惶恐不安，仿佛面临着什么灾难。孔雪笠找到公子，向他询问情况。

公子惊恐地说："先生还是先回去吧，我家要大祸临头了！"

孔雪笠生气地说："我们是一家人，有灾祸自然要一起承担，哪有我们先走的道理？"

公子沉吟片刻说："如果先生愿意出手相助，兴许可以避过这次灾难。"

孔雪笠虽然不知道发生了什么，但还是一口应承下来。

公子把全家人都叫来堂中，一齐向孔雪笠大礼拜谢。孔雪笠感到莫名其妙，赶紧问究竟是怎么回事。

公子说："我们全家都不是人类，而是狐狸。"

孔雪笠这才明白之前的种种异样，他正色道："我并非迂腐之辈，不论是狐是人，你们都是我的亲人。"

公子听了这话，动情地说："可是如今我们面临雷劫，您要是肯出手相救，我们还有一线生机，但此事危机重重，难保万全，我们绝不以情相逼。事情就是这样，如果您不愿意，请赶紧带着孩子离开，免得被雷劫连累。"

孔雪笠严肃地说："我孔某人自从认识了兄弟、娶了阿松以后，早把你们当成了我最亲的人，跟你们是人是狐没有关系。亲人有难，我不会独善其身。如果不能避灾，就让我们一起死吧。"

孔雪笠的这番话，让所有人动容。

公子拿出一把宝剑，递给孔雪笠说："既然先生愿与我们同生共死，我们也绝不负你。请先生持剑站在门口，如果有雷霆轰击，也请先生不要动。"

孔雪笠就按照公子所说，手持宝剑，挺身站在大门口。

不多时，天昏地暗，黑云压城，就像是压来一块巨大的黑石板。孔雪笠回头一看，哪有什么高宅深院，只有一座巨大的坟包岿然独存，下方是一个深不见底的洞穴。

正在他惊愕之时，空中响起一个惊天动地的霹雳，疾风骤雨瞬间袭来，竟把那棵老树连根拔起。孔雪笠被震得脑袋嗡嗡作响，眼前一阵发晕，可还是持剑一动不动。

这时，连绵的黑雾之中，突然出现一个形似厉鬼的东西，利爪尖嘴，面目狰狞，伸出巨大的爪子，从墓里抓起一个人，沿着黑色的烟雾向上飞去。

孔雪笠看见那人的衣着，觉得像是娇娜。他奋力跃起，举着宝剑全力劈向厉鬼，厉鬼赶紧躲闪，那个被抓的人从半空掉下来。同时，一声天崩地裂的炸雷将孔雪笠击倒在地，然后他一命呜呼。

才一会儿的工夫，竟云消雨霁，艳阳高照。娇娜苏醒过来，看见孔雪笠的尸体，失声痛哭道："孔先生竟然为救我而死，我还活着干什么呢？"

阿松匆匆从里面跑出来，俩人一起把孔雪笠抬回家，安放在床上。家里人都围上来，悲伤地看着全家的救命恩人。

娇娜让阿松扶着孔雪笠的头，自己则双手捧住他的脸，捏开牙关，用舌头把红丸渡到他的口中，又嘴对嘴地朝他吹着气。红丸随着气流进入孔雪笠的喉咙，"咯咯"响了好一阵，他的眼睛竟然缓缓睁开了。他见亲人都围聚在自己身边，十分惊异，仿佛大梦初醒。

大家见他死而复生，都又惊又喜，激动得流下了眼泪。

孔雪笠的精神恢复后，对府里人说："不管你们是人是狐，这坟墓都不能久住，我有个建议，我老家的房子虽然不大，但勉强可以住下，不如你们跟我回家乡去，一家人平平安安地住在一起。"

公子征求大家的意见，所有人都同意，只有娇娜闷闷不乐，默不作声。

孔雪笠心想，娇娜毕竟是吴家的媳妇，也有了自己的儿子，不可能抛夫弃子，就对她说："娇娜妹妹可以跟妹夫商量，如果他愿意，也可以跟我们一起去。"

娇娜苦笑着说："公婆年迈，肯定不愿离家，倘若我们离去，就没有人照顾他们了。"

这时，吴家的一个仆人气喘吁吁地跑进来，带来了噩耗。原来吴家刚才也遭遇了雷劫，全家老小无一幸免。

娇娜一听，悲痛欲绝，捶胸顿足，泪如雨下。

大家安慰了很久，她才缓和下来。事已至此，再无牵挂，她也只得同意跟大家一起去孔雪笠的家乡。

孔雪笠到延安城里，把未尽的事情安顿好后，全家连夜收拾行装上路了。

晓行夜宿，一路无事，终于回到山东老家。孔雪笠把后院一处闲置的院子收拾出来，请公子一家住在里面。院子的大门总是从外面上着锁，只有孔雪笠和阿松过来，才会打开。

孔雪笠经常和公子、娇娜兄妹俩在一起喝酒、下棋、聊天游玩，成了真正的一家人。

小宦长大后，面容俊秀，像狐狸一样聪慧灵敏。出去玩时，街上的人一看就知道他是狐狸生的孩子。

青凤

　　耿去病的叔叔,原本是太原的豪门大户,家里的宅院宽敞阔气。后来家道中落,人丁不旺,偌大的宅子里有一多半房屋都空着。因此,渐渐生出一些怪异的事来。

　　耿去病经常听人说起叔叔家的怪事。据说厅堂的门经常会无故开闭,家里人经常在半夜被惊醒。这事儿或许是真的,因为后来叔叔不堪其扰,干脆带着全家搬到别的房子去住了,只留下一个老头看门。这幢大宅子就空置下来,时间长了,越发荒凉冷清。经常有晚上路过的人说,宅子里时常会传出欢歌笑语,颇为诡异。

　　耿去病听说了这事儿,特别感兴趣。他性格狂放不羁,百无禁忌,平常酷爱听些鬼火狐鸣的乡野传说,就专门跑去吩咐看门老头,再有这种情况,一定要及时告知他。

　　一天晚上,老头跑来说,楼上有莫名的灯光。耿去病听了非常激动,赶紧跟过去看,果然如老头所说,楼上的几个房间里,灯火明灭闪烁。他想进去看,可是老头极力劝阻,担心他出事。但他坚持要去,老头只好让他进去。

　　耿去病以前来过这里,对院子里的格局很熟悉。只是院子荒废日久,无人打理,杂草灌木丛生,他扒拉开及腰的蒿草,才上了楼。

刚上去，还没遇到什么怪事。穿过几重门户，进入内室，忽然听见有轻声说话的声音。他悄悄走过去，趴在窗棂上察看。

只见屋子里灯火通明，两支硕大的蜡烛把里面照得如白昼一般。一位戴着儒生帽子的老先生向南而坐，对面是一个妇人，两人都有四五十岁。左手边坐了一个小伙子，二十岁出头；右边是一个女孩子，约莫有十五岁。桌子上摆满美酒佳肴，四人围着桌子，谈笑风生。

耿去病猛然闯进去，笑着说："不速之客，不知道受不受欢迎呢？"

屋子里的几个人大惊失色，站起来躲避，只有老先生很快镇定下来，厉声呵斥："你是什么人？怎么擅闯民宅？"

耿去病说："这本是我家，是你们占了，在这里喝酒吃肉，还不邀请主人，是不是显得太吝啬了些？"

老先生仔细打量了半天说："可你并不是耿家的主人。"

耿去病说："我是狂生耿去病，是主人的侄子。"

老先生这才站起来，向他行礼说："久仰大名！敬请入座。"

随后，他吩咐下人换一桌酒菜。耿去病连忙制止，指着桌上的酒菜说："不麻烦了，这些就挺好。"

老先生也不客气，拿了杯子给他满上，请他喝酒。

耿去病端起酒杯说："不是一家人，不进一家门，既然进了一家门，我们就是一家人。刚才在座的几位都没必要回避，一起请出来喝酒吧。"

老先生颔首，叫了一声："孝儿！"

不多会儿，刚才那个小伙子从外面走了进来。老先生向耿去病介绍说："这是我儿子。"小伙子向耿去病行礼。

耿去病笑着摆摆手说："不用多礼，坐下来喝酒吧。"

小伙子落落大方地坐了下来。

双方喝了一杯后，耿去病问："不知道先生高姓大名？"

老先生说："免贵姓胡，名义君。"

耿去病性格爽朗，面对陌生人也能谈笑自若，双方聊得颇为投机。

耿去病见那位叫孝儿的小伙子举止洒脱，不落凡俗，与他喝酒聊天，言语间也非常投契，不由内心钦慕，仗着酒劲，就提出要与对方结为兄弟。

想不到孝儿也正有此意，一拍即合，双方各报了生辰，耿去病二十一岁，比孝儿大两岁，于是就称呼他为弟弟。

胡老先生忽然问耿去病："听说你祖上曾编纂过一部《涂山外传》，你知道吗？"

"当然知道。"

胡老先生说："我们就是涂山氏的后裔，唐朝以后的家谱分支我还能记得，但梁、陈、齐、周、隋之前的就失传了，公子博闻强识，还想请公子为我们讲授。"

耿去病本就喜欢鬼怪神异之事，对此颇为熟稔，又因喝了些酒，不由得起了炫耀才华之心，于是从九尾白狐之女涂山氏辅佐大禹王治水讲起，又添枝加叶地说了许多杂书上看来的隐情秘闻，言谈中才思泉涌，巧语绝伦。

胡老先生听得格外开心，忍不住对孝儿说："今天有幸听耿公子讲了许多前所未闻的上古趣事，耿公子也不是外人，叫你母亲和青凤一起出来，也听听我们祖先的功德。"

孝儿起身进了内室，不一会儿就与妇人和女孩一同出来。

耿去病定睛打量，见那女孩身姿娇柔，眼睛顾盼生辉，真是人间罕见的绝色胚子。

胡老先生指着妇人向耿去病介绍说："这是老妻。"又指着女孩说："青凤，我的侄女，非常聪明，所见所闻总能牢记不忘，所以叫她也来听听。"

美人在侧，耿去病更是妙语连珠，他大声聊着胡家的家世，大口喝着酒，很快就有了几分酒意，眼睛直勾勾地看着青凤。青凤哪见过这样不懂礼数的人，被看得羞赧，就低下头去，不与他对视。耿去病见她如此，越发心痒，一时冲动，竟然在桌下悄悄伸出脚去踩青凤的脚尖。青凤连忙把脚缩回去，耿去病看了看她的脸色，似乎没有生气。

于是他越发心旌摇曳，醉态尽显，拍着桌子，大声嚷嚷说："青凤妹子真是人间尤物，要是能娶到这样的女子，就是让我去当皇帝都不干。"

耿去病这样的酒后言行，让胡夫人很是不安，担心他做出什么更过分的举动，于是拉起青凤，匆匆回了内室。

这时，耿去病也隐约觉得自己过于无状了，有些不好意思。他打了个哈欠说："天色不早了，今日就散了吧，改天再聚。"然后匆匆跟胡老先生和孝儿道别，踉跄着离开了。

回家后，洗了把脸，酒意散了大半，耿去病开始后悔自己的言行。但事已至此，也无法挽回，如果对方有什么不快，那就以后慢慢化解吧。对于这些事，他从不放在心上，这次之所以后悔，全都是因为青凤。他担心青凤对自己有了恶感，男女之间的误会，不是那么容易消释的。

一想到青凤，他就心神不宁，总想把她搂在怀里。不过人不在身边，也只是想想罢了。可耿去病总有一种预感，觉得自己和青凤会有事发生。

第二天夜里，耿去病又去了那里，房间里虽有那种兰草和麝香般的芬芳气息，可整整等了一晚上，连个人影都没见到。只好悻悻地回去了。

躺在床上，耿去病辗转反侧，青凤的影子总在眼前晃动。思前想后，他转身把身边熟睡中的妻子推醒。

"大半夜的，干什么呢？"妻子没好气地说。

耿去病说："我跟你商量个好事儿。"

妻子问："啥好事儿，还能轮得着跟我商量？"

耿去病说："自从有了孩子，这房子就显得小了，现在有一处大院子，免费让我们住，你说是不是好事儿？"

妻子伸手摸了摸耿去病的额头："咦，没发烧啊，你是做梦了吧？"

耿去病推开妻子的手说："我跟你说真的，这么好的事儿，要是被别人占了先，就后悔莫及了。"

妻子听他这么说，不像在开玩笑，就问："那你说说，房子在哪儿？"

"就我叔叔家的大宅子啊。他们搬走了，已经跟我说过了，随时可以搬进去住！"耿去病兴奋得坐了起来。

“什么？”妻子惊叫一声，“那房子闹鬼你不知道吗？”

耿去病说：“闹什么鬼，都是别人嚼舌根，你怎么也信这些？”

妻子说："街上的人都信，我怎么就不能信。我宁可露宿街头，也不会带孩子去住闹鬼的房子。"

耿去病费尽口舌，妻子就是不同意，逼得紧了，妻子生气地说："你不怕你自己去住，让女鬼缠死你……"

耿去病心里有鬼，被妻子无意中戳破，恼羞成怒，大半夜跳起来，收拾好日常用品，不等天亮，就撇下妻儿，独自搬进了大宅。他在楼里找了个敞亮的房间，打扫干净，当成自己的书房，每日除了读书，就是发呆思念青凤。

有天晚上，他正坐在桌前看书，突然门洞大开，一个面目狰狞的厉鬼闯了进来。那厉鬼面色漆黑，瞪着铜铃般的大眼盯着耿去病，嘶嘶地喘着粗气，牙齿发出咯咯的声响，像是要吃了他。

耿去病哈哈一乐，随手在砚台里蘸了些墨，一把将自己的脸也涂黑，目光炯炯，与那个厉鬼对眼。厉鬼碰到这样一个浑不吝，也是无奈至极，摇了摇硕大的脑袋，转身走了。

第二天晚上，夜已经深了，耿去病看书发困，吹灭了灯刚想睡觉，忽然听见楼后传来拨门闩的声音，接着是开门的响动。

他急忙起身，摸黑出去看。只见有一间屋子的门半开着，又过了一会儿，传出窸窸窣窣的脚步声，屋子里有人手持烛火走了出来。耿去病借着烛光端详，竟然是朝思暮想的青凤，喜不自禁，迎了上去。

青凤看见耿去病，大吃一惊，倒退几步，退回房里，猛然把门关上。

耿去病扑通一声跪倒在门前地板上，对青凤说："我不惧危险，独自居住在这里，只因对你念念不忘，还好我没放弃，终于等到你，此时这里也没有别人，如果能让我握一下你的手，就算死我也无憾了。"

青凤在里面说："你的一片恳切深情，我怎能不知道。但叔叔对我管教很严格，我实在不能满足你的愿望。"

耿去病苦苦哀求："我自知是凡夫俗子，也不敢奢望一亲芳泽，只要能让我见上你一面，就心满意足了。"

里面沉默了好一会儿，门开了，青凤快步走出来，一把拽住耿去病的胳膊，把他拉进屋子里。

耿去病欣喜若狂，一进屋，就抱起青凤，让她坐在自己的大腿上，把她紧紧搂在怀里，害怕她再消失不见。

青凤也不抗拒，任他施为，只是幽幽地说："我们今世注定有此一夜，但天亮之后，就是陌路人，就算有再多的相思，也只能是镜花水月。"

耿去病疑惑地问："为什么？"

青凤说："我叔叔对你的放荡不羁非常担心，才变成厉鬼去吓你，可你却不为所惧。现在他已经看好了别处的房子，一家人都在往新居搬东西，只有我留在这里看守，不过等天一亮，我就要走了。"说着，她就站起来要走，嘴里念叨着："恐怕叔叔马上要回来了。"

少女身上的幽香气息刺激着耿去病，让他越发兴奋。他紧紧搂住青凤，不让她离开，嘴里说着些情话，就要跟她交欢。

青凤自然是不同意。两人正在拉拉扯扯，忽然发现青凤的叔叔不知道什么时候已经进来了。耿去病很不好意思，慌忙放开青凤。青凤羞愧难当，惊恐地低头靠在床边，紧握着衣带，一句话也不敢说。

胡老先生不理耿去病，只是瞪着青凤，怒声呵斥："你这个贱丫头，真是把家里的脸都丢光了！还不走，留在这里干什么？是要我用鞭子抽你吗？"

青凤低着头急匆匆地跑了出去，老先生紧随其后，也跟了出去。

耿去病知道自己惹了祸，担心青凤被责罚，赶紧尾随出去。只听见楼上传来老先生怒不可遏的咒骂声，与之相伴的，是青凤嘤嘤的哭泣声。

哭声如小刀般割着耿去病的心。他大声喊道："这件事的过错全在我，和青凤没什么关系，请不要责怪青凤了，要杀要剐，我一个人担着。"

喊声震动了整座宅子，就连看门老头都被惊醒，起来躲在门后偷看发生了什么事。过了好大一会儿，楼里才安静下来，整座宅子重归死寂，就像一具巨兽的尸体。

自此以后，这座宅院再没有发生过什么怪事。有好事者，成群结伴地上门，想见识传说中的狐女，但都失望而返。于是，坊间有了传言，说狂生耿去病有家传异能，能驱神驭鬼，赶走了狐狸精。

耿去病的叔叔听说了这件事，觉得很惊讶，派人把耿去病叫去，对他说："既然这栋宅子跟你有缘，不如卖给你吧。"

耿去病说："我哪有钱买。"

叔叔说："钱的事好说，只要是你自己住，有多少算多少，什么时候有钱了，什么时候再给。"

叔叔这么说，就相当于半卖半送，耿去病当然很高兴，当即就应承下来。回家后对妻子讲了，妻子也听人说宅子已经干净，就不再坚持，收拾停当，一家人搬进了大宅子。

住了一年，安然无事。

妻子擅经营，将外围的房子租赁出去，有了不菲的收入，日子一天比一天舒服。可是耿去病却一直惦念着青凤，无时无刻不想着再见她一面。

清明节这天，耿去病去郊外扫墓，路上遇见两只小狐狸被一只猎狗死死追着。其中一只钻进草丛里，落荒而逃。另外一只脚下打个趔趄，眼看就要被狗撵上，慌不择路，恰好跑到耿去病脚下，耷拉着耳朵，缩着脖子，眼巴巴地看着他，悲伤地啼叫，好像在向他求救。

耿去病看它可怜，就拉开衣襟，把它抱在怀里，带回了家。

到家后，耿去病把小狐狸放在床上，转身关门回来时，奇迹发生了，小狐狸竟然幻化成了青凤。耿去病激动万分，赶紧走过去一把抓住她的手，问她是怎么回事。

青凤红着脸说："我和丫鬟出来踏青，想不到遇到了恶犬，如果不是公子，必定没法活命，希望公子不要因我不是人类而嫌弃我。"

耿去病连忙说："自从离别后，我日夜想你，就连做梦都是你的身影，现在上天把你赐还给我，我爱你都不够，怎么会嫌弃你呢？"

青凤叹息说："这也是上天注定的，倘若没有遭遇这场灾祸，我们怎么能重逢呢？不过，万幸的是，丫鬟肯定以为我已经死了，从今往后，我们就可以厮守终生了。"

耿去病无心插柳，竟然得偿所愿，大喜过望，亲自动手，收拾出一处幽静院落，让青凤住了下来。

如此过了两年多。一天夜里，耿去病正在读书，很久不见的孝儿忽然闯了进来。耿去病放下书，惊讶地问他是从哪里来的。

孝儿跪倒在地，悲戚地说："家父遭飞来横祸，只有兄长您才能救他一命，他本打算亲自登门求救，可是因为以前的事，担心您记恨，只好让我来求您出手搭救。"

耿去病把他从地上扶起来，说："别急，究竟是怎么回事？"

孝儿问："您认识莫三郎吗？"

耿去病说："认识啊，他是我同科同学的子侄。"

孝儿说："明天他要从这里经过，如果他带着猎捕到的狐狸，请您一定要把它留下。"

耿去病本想立即答应，但想起当年胡老先生对青凤的辱骂，故意脸色一沉："当年你父亲对我的羞辱，我现在记忆犹新，他的事我不想管。如果非要我出力，就让青凤来对我说吧。"

孝儿哭着说："青凤妹妹在三年前就已命丧荒野了。"

耿去病装得非常愤慨，用力一甩衣袖说："既然这样，这个仇算是解不开了。"说完，拿起书本只顾高声朗读，再也不理孝儿。

孝儿无可奈何，失声痛哭，跑了出去。

耿去病连忙到青凤处，把刚才的事讲给她听。

青凤大惊失色地问："他毕竟是我叔叔啊，你总不能见死不救吧？"

耿去病笑着安慰她："救肯定要救，刚才这么说，只是想报复一下他先前的蛮横无理。"

青凤这才开心起来，坐在耿去病的腿上，对他说："我从小就成了孤儿，是叔叔把我养大，虽然他很严厉，但这的确是家规，他作为家长，管理一大家子人，肯定要严格执行才对。"

耿去病说："话是这么说，但总让人心里不爽。你要是真不幸去世了，就算他全家人来求我，我也不会救他。"

青凤笑着嗔怪说："你还真是忍心啊！"

第二天，耿去病很早就站在了门口，过了不久，果然见打猎归来的莫三郎远远地过来。他衣着华丽，骑着高头大马，挎着虎皮箭囊，随从仆役前呼后拥。

耿去病主动上去打招呼，莫三郎看见他，连忙下马上前。耿去病见他收获颇丰，猎捕的猪獾狐兔都驮在马上，其中有一头黑色的狐狸，血流如注，染透了毛皮。

他装作欣赏猎物的样子，上去摸了摸，还是温热的，就对莫三郎说："三郎真是好身手！刚好我有件黑狐皮袍子破了，需要修补，正愁找不到黑狐皮，不知三郎能否把这只黑狐割爱？"

莫三郎是爽快人，哈哈一笑说："莫说一只狐狸，就是把这些禽兽全送给叔叔又如何。"说着就痛快地把狐狸从马上解下来，拿给耿去病。

耿去病接过来，装作很不经意地交给青凤，让她把黑狐拿进去，而他自己带莫三郎一行到厅堂里摆宴饮酒，一直到暮色降临，宾主尽欢，莫三郎才高兴地带人离开。

客人走后，耿去病去看青凤，只见她把黑狐狸抱在怀里，悲泣不止。那只大黑狐狸虽然并未气绝，但伤势严重，离丧命也就一线之距了。倘若是人，还可以请郎中来医治，但一只狐狸，耿去病也不知道怎么办。尤其是青凤，抱着狐狸，泪眼婆娑，水米不进，耿去病一直在旁边陪着她。

整整抱了三天，黑狐狸才清醒过来。挣扎了好一阵，终于恢复了部分元气，跃到地上，变成了胡老先生的模样。

他先看见青凤，怀疑自己已经死了，在阴间与青凤相见了。但随即又看见耿去病，一阵迷糊，不知道发生了什么事。

青凤把事情的前因后果都告诉了叔叔，老狐狸马上向耿去病下拜，一边谢罪，一边谢恩。

耿去病对他说："要谢你就谢青凤吧，她要是真死了，你今天也就没命了。"

老狐狸满面羞愧，再次致谢。他激动地对青凤说："我就知道你不会死，果然如此！"叔侄两人生死重逢，悲欣交集，泪洒当场。

青凤对耿去病说："你若是爱我，就应接受我的家人，我请求你把以前那栋楼借给我叔叔一家住，以报答他对我的养育之恩。"

耿去病伸手擦掉她脸上的泪珠，微笑着说："你这是哪里话，你的家人就是我的家人，就算你不提，我也会求他们搬过来的。"

耿去病的话，让老狐狸既羞愧又激动，再三道谢后才离开。当天晚上，就把全家都搬过来，住进了楼里。

从此以后，两家人住在一起，虽然不是同类，却与亲人无异，毫无猜疑和嫌隙。

耿去病痴迷读书，经常独自住在书房里，孝儿就偶尔过来与他喝酒聊天，谈诗论道。耿去病正妻生的孩子渐渐长大，到了读书的年纪，耿去病就让他拜孝儿为师。孝儿循循善诱，很有师长的风范。

狐梦

有个人叫毕怡庵，性格桀骜不驯，玩世不恭，并以此自矜。他心宽体胖，大腹便便，留着浓密的络腮胡子，在文人圈子里颇有些名声。

毕怡庵读过《青凤传》，非常着迷，常盼自己也能遇到像青凤一样的狐狸，却从未有过如此艳遇，甚为遗憾。

毕怡庵在朝里当刺史的叔叔在乡间有栋别墅，空置已久，传说里面有狐狸出没。他听说这些话的时候，显得特别兴奋。

他对家人说："我已经征得叔叔同意，自己搬到别墅里去住。"

家人问他："你一个人吗？"

他说："对，如果有别人，我担心狐狸不会露面。"

没过几天，毕怡庵果然搬到那栋乡间别墅去了。不过乡间生活单调无趣，以他这种爱热闹的性格想住下去可不容易。果不其然，他偶尔就要进城来，找朋友们饮酒，还邀请他们到他的别墅里去做客。

朋友们问他有没有遇到狐狸，他笑着说："也许狐狸看到我的大胡子有兽王之威严，暂时还不敢露面吧。"

可朋友们还没来得及去赴约，怪事就发生了。

一天傍晚，毕怡庵外出饮酒返回。正值盛夏，天气闷热，他脱掉长袍，裸着上身，躺在门口的竹床上乘凉，不知不觉竟然睡着了。

也不知道睡了多久，恍惚间感觉有人推他，睁眼一看，竟然是一个相貌婉丽的陌生妇人，四十岁出头，但风韵犹存。

毕怡庵吓了一跳，赶紧坐起来问："娘子是哪位？"

美妇人笑着说："你不是成日想见狐狸吗？来到面前怎么又不认得？"

毕怡庵惊讶地问："你是狐狸？来找我有何用意？"

妇人说："难得公子有情，时时牵挂，深受感动，特来回报你的情意。"

毕怡庵听她这么说，有些兴奋，他心想，不管是人是狐，自己主动上门，我要是客气，就对不起人家了。如此想着，就忍不住动手动脚起来。

妇人嬉笑着推开他说："我年纪大了，跟公子不相配，就算你不嫌弃，我自己也会羞愧。"

毕怡庵心火已燃起，一时难以平息，但毕竟是读书人，不好用强，就问妇人："那你说怎么办呢？"

妇人说："我有个小女儿，已经成年了，我让她来侍候你。"

毕怡庵心想，还有这样的好事？他问妇人："你莫不是找借口在骗我？"

妇人扑哧一下笑了："想不到公子还是多疑之人。这样吧，明天晚上，你不要叫外人来屋里，她自然会到。"说完，妇人就消失不见了。

毕怡庵这时才对她自称狐狸的事，有几分相信。

次日晚间，他闭门谢客，特意清扫了屋子，还专门焚上了一支香。等到夜幕降临时，昨日的美妇人带着一个亭亭玉立的少女走了进来。毕怡庵看那少女娴静优雅，而目光里有一种与生俱来的柔媚，不由在心里暗自赞叹"尤物"。

当着毕怡庵的面，美妇人对少女说："毕公子和你前世有缘，你今晚上就跟他睡吧。不过，明天早点回家，不要赖床不起。"

少女没有多言，只是轻轻地点点头，回头看一眼毕怡庵，嘴角挂上些淡淡的笑意。毕怡庵也张开大嘴对她笑。

待妇人一走，毕怡庵就迫不及待地拉住少女的手。少女毫不抗拒，随着他就钻进了床帐内。一番旖旎后，少女躺在毕怡庵怀里，莞尔一笑说："公子的身体太沉重了，压得人家喘不过气来。"

毕怡庵紧紧搂住她，在她耳边说："这才刚刚开始。"

凌晨，毕怡庵醒来，发现少女早已离开了。他回味着昨夜的美好，若不是少女的幽香仍在枕边，他几乎要当作是一场春梦了。

当晚，少女独自前来，对毕怡庵说："家里的姐妹们要为我祝贺新婚，麻烦公子明天与我一起去。"

毕怡庵好奇地问："要去哪里呢？"

少女说："是我家大姐设宴，离这里并不太远。"

第二天，毕怡庵早早装扮好等着，少女却迟迟不来。百无聊赖间，觉得有些困乏，刚想趴在桌上休息片刻，少女就进来了。

她拉住毕怡庵的手说："真是不好意思，劳您久等了，我们现在出发吧。"说着便拽他出了门。

毕怡庵百无禁忌，心怀坦荡，一句闲话都不问，只是跟着少女走，走了不多一会儿，就来到一处庭院。

他前后打量，见院子里灯火通明，如星光般璀璨。心想："乡间不可能有如此堂皇的宅邸，我们一定是到了非人之处。"但也没有问，任凭少女拽着自己，走进了中堂。

中堂里灯火辉煌，装饰摆设颇有格调。房间正中有一张圆桌，上面已经摆放好了酒菜。毕怡庵打量了一番，站着等候。等了不久，伴随着一阵清脆的笑声，一位女子从里面走出来，年近二十，装扮雍容典雅，与少女气质迥异。

还没等少女向毕怡庵介绍，那位女子就笑吟吟地说："这位公子就是我的新妹夫吧？怎么还站着，快请入席！"

毕怡庵正要入座，一个小丫鬟快步走进来说："二娘子到了。"

话音还未落，一个十八九岁的女孩就走了进来，长相娇俏可爱，看见少女，就过来打趣说："看来三妹已经洞房花烛过了，新郎还算如你的意吧？"少女冲二姐翻了个白眼，举起团扇做出要打她的样子。

二姐看着毕怡庵，笑着说："记得小时候，和三妹打闹玩耍，这丫头最害怕别人挠她痒痒、数肋骨，只要远远看见人朝手指呵气，她就笑得直不起腰。每次我挠她，她就诅咒我，说我以后会嫁给矮人国的小王子，我就回击她以后要嫁给一个大胡子，亲吻时让胡子刺破小嘴，想不到竟然一语成谶了。"

所有人听了，都看着毕怡庵的胡子，哈哈大笑。毕怡庵是爽朗的人，顺势就摸了摸自己的胡子，也跟着笑了。

大姐用手抚着胸口笑说："难怪三妹会咒你，新郎在旁边，你就这般胡闹，也不怕把客人吓着。"

毕怡庵摆摆手说："不妨事，不妨事，二姐如此有趣，不如坐下来边喝边聊如何？"

于是，所有人都围着桌子坐下来，吃吃喝喝，说说笑笑，一点儿也没有生疏感。尤其是毕怡庵性格开朗，妙语连珠，让席间一众女子笑得前仰后合。

欢声笑语间，不知从哪里出来一个黄毛丫头，十一二岁，怀里抱着一只猫，神态举止稚气未消，但骨子里天生带着一丝娇媚。毕怡庵心想，这大概就是狐狸的特性吧。

大姐脸色微红，对小丫头说："四妹也想来见姐夫吗？这里可没地方坐了，你就坐我腿上吧。"说着就把小丫头拉到自己腿上坐着，又夹了些菜肴果品给她吃。小女孩一边吃一边打量毕怡庵，神情颇为天真。

过了一会儿，大姐说："这丫头最近身子沉了，压得我的膝盖生疼。"说着就把小丫头推在二姐怀里。

二姐连忙说："我身子骨单薄，可禁不住她坐，这么大丫头，感觉有好几百斤重哩。"她顿了顿又说："既然是来看姐夫的，不如就坐姐夫怀里，反正大胡子姐夫身体强壮，禁得住你压。"

小丫头也不认生，就钻到毕怡庵怀里，一屁股坐在他的腿上。小丫头身体轻盈，柔弱无骨。毕怡庵心想，既然这狐狸一点儿都不避讳，我又何必介怀。于是伸手把她搂住，还用自己的杯子给她喂酒。

大姐在旁边说："小丫头别喝太多酒，免得醉了有失仪态，让姐夫看了笑话。"

四妹在毕怡庵怀里言笑晏晏，又不停地逗猫，让那只猫"喵喵"直叫。那是一只黄色的虎斑狸猫，眼睛是黄绿色，看上去十分温驯。

毕怡庵问四妹："这只猫叫什么名字？"

四妹回答说："就叫喵子。"

大姐说："还是把猫丢开吧，身上全都是虱子、跳蚤。"

毕怡庵说："没关系，我也喜欢猫。"

二姐说："那我们不如用猫来行酒令，大家传筷子，传到谁手上，猫叫了，谁就喝酒。"

游戏开始，每次筷子刚传到毕怡庵手上，猫就叫了，一连好几圈都是这样，让毕怡庵喝了满满几大杯，这时才注意到，原来每次都是四妹故意掐猫叫的。

二姐说："四妹这是打算灌醉姐夫吗？"闻言，所有人都捧腹大笑。

过了一会儿，二姐又说："四妹还是回去吧，一直坐在姐夫怀里，压坏了新郎，恐怕你三姐也要咒你嫁给小矮人王子呢。"

小丫头有些不情愿，但也不想违逆姐姐的话，只好抱着猫起身走了。

毕怡庵酒量很大，喝了半天，也无醉意，大姐就从头上把髻子摘下来，盛满了酒请他喝。虽然髻子看上去只能盛一升酒，但喝起来源源不断，似乎有几斗那么多。等酒喝完，才发现髻子竟是一片大荷叶。

二姐也要敬酒。毕怡庵担心自己喝多了失礼，就推脱说喝不了了。二姐拿出一个比弹珠稍大一点儿的口红匣子，斟上酒说："既然不想喝，我也不逼你，就用这个意思一下，以尽礼数。"

毕怡庵看匣子里的酒盈盈不满一口，于是就接了过来，没想到咕嘟嘟一连喝了上百口，依然没有喝完。

旁边的少女看不下去了，用一个小莲花杯斟酒，换了口红匣子，说："二姐鬼心眼太多，欺负我的郎君忠厚。"她把口红匣子放在桌上，毕怡庵这才发现，那竟是一只巨大的钵盂。

二姐瞥了一眼三妹说："我跟我妹夫喝酒，干你何事？你才过门三天，就食髓知味，看来妹夫很疼爱你啊！"

毕怡庵接过莲花杯，一饮而尽。突然觉得手里的酒杯柔软丝滑，仔细一看，原来不是酒杯，而是一只精致的绣鞋。

二姐看了，满脸绯红，一把夺过去，冲三妹骂道："你这死丫头，什么时候把人家的鞋子偷走了，怪不得脚下冷冰冰的。"说着，就跑回内室去换鞋。

这时，毕怡庵觉得酒意上头，有些晕晕乎乎的。少女见他醉了，就把他拉离酒桌，与桌上众人道别。

毕怡庵扶着少女出了村，凉风袭来，酒意散去了一小半。

少女问他："你能自己回去吗？"

毕怡庵诧异地问："你不跟我走吗？"

少女说："天就快亮了，我不想让田间的农夫看到。"

毕怡庵只好独自踉踉跄跄地回去，幸好路程不远，没走多久就到家了。在床上醒来时，天已经大亮，他想起之前发生的事，感觉就像做了个梦，只是口鼻之间浓烈的酒香提醒他，可能不是梦吧。心中诧异，便又睡了个回笼觉。

暮色时分，少女又来，对他说："昨夜喝了那么多酒，竟然没有醉死。”

毕怡庵说：“我怎么感觉像做梦一样。”

少女说：“是姐妹们怕你喝多了出去乱说，这才假托是梦，其实都是真的，并非做梦。”

毕怡庵看着少女乖巧的样子，不由心猿意马，把她拽到了怀里。一通亲热后，两人还没有睡意，毕怡庵问少女：“你会不会下棋？”

少女说：“不太会，只是略懂一点儿。”

于是两人起来，下棋来打发漫漫长夜。毕怡庵万万没想到，一连下了好几局，自己都是惨败。这才知道少女口中的“略懂”只是谦辞而已。但他心里不服气，继续挑战，一直下到鸡叫都没赢一局，特别沮丧。

少女笑着说：“我看你甚好此道，原以为你输给我，只是在让我，讨我开心。现在看来，你对棋艺算不上精通，只是略懂而已。”说完就走了。

毕怡庵为此郁闷了一整天，茶饭不思。等少女晚上再来时，毕怡庵对她说：“想不到你竟然是此中高手，我要拜你为师，请教我下棋。”

少女一听这话，笑了老半天才说：“下棋是一种技艺，需要悟性，更需要长期磨炼，在潜移默化中才能长进，这可不是一时半会儿能学会的。”

毕怡庵说：“反正我们有的是时间，你就慢慢教我。”

少女说：“我教你也不是不行，但这件事你得保密，免得让闲杂人知道了，生出不必要的事端。”

毕怡庵赌咒发誓，说自己绝不透露半点儿出去。

自此以后，毕怡庵对亲热的兴致都比不上对下棋的高。只要少女过来，就拉着她下棋，通宵达旦，乐此不疲。如此过了几个月，毕怡庵觉得自己的水平有所精进，但是少女试过他的棋力后却说："还差得远呢。"

毕怡庵心想，我虽然下不过她，但可以找别人试试。于是就出门找了曾经一起对弈的朋友们下，所有人都觉得他棋力大涨，十分吃惊，便问其缘由。

毕怡庵心直口快，肚子里藏不住事，实在忍不住，就透露了一些。众人听了，无不艳羡。

这事不知道为何传到了少女的耳朵里，她上门责怪毕怡庵说："难怪有教养的都说不要跟狂生来往，我多少次嘱咐你要保守秘密，别口不择言，到处乱说，你怎么还是这个样子？太让我失望了。"少女越说越生气，说完转身就要离开。

毕怡庵上去紧紧抱住她，又是道歉，又是认错，哄了很久，少女才渐渐缓和下来。

天亮要走的时候，她对毕怡庵说："我还是那句话，我们之间所有的事，你都不要告诉别人，毕竟异类相交，违背人伦天道，就算不招来祸端，但分离总是难免。你好自为之吧。"

毕怡庵心里有愧，望着少女的背影，狠狠地在自己嘴上扇了两下。

又过了一年多，一天晚上，少女过来后，毕怡庵发现她神色有异，但也没有多问。要与她下棋，她摇头不下。要搂着她睡觉，她也一动不动。

毕怡庵问："是不是遇到了什么难事啊？可以说出来一起想办法。"

少女不说话，只是默默地坐着，神色里满是忧伤和惆怅。过了好半天，她才开口问："毕郎，你觉得我和青凤谁更好？"

毕怡庵觉得这问题有些莫名其妙，但还是认真作答："我觉得你比青凤好。"

少女说："你虽然这么说，但我自己觉得比不上青凤。"

毕怡庵说："怎么突然想起说这个呢？"

少女说："我知道聊斋先生和你是好朋友，不知道你能不能托他为我写一篇小传记。文章千古事，千百年以后，万一有人读到了，也许也有像你这样喜欢和惦念我的人。"

毕怡庵说："这自然没问题，其实我早有此意，可是过去遵守了对你的诺言，没敢把你的事说出去。"

少女说："以往我如此嘱咐，是担心我们引起天妒而分离，如今就要分别了，还有什么可忌惮的呢？"

毕怡庵连忙问："你要到哪里去？"

少女说："我和四妹被西王母征召为花鸟使。我虽然不想离开你，但我毕竟是狐族异类，有此直通大道的机会，自然不能放弃……从今往后，我就不能再来见你了。"

毕怡庵悲伤地说："我自然晓得机会的珍贵，也不会阻拦你，只是要我怎么才能忘记你啊。"

少女说："我同族中有个姐姐跟你家族的叔伯哥哥相好，临别前还生了两个女儿，至今未能出嫁。幸亏我们俩没有子嗣，没有那么多拖累。你无须记得我，就把我当作青凤般传说中的人吧。"

毕怡庵忍不住落泪说："相好一场，临别之前，你留两句话给我吧。"

少女说："你这人什么都好，就是直肠子，以后遇事多思量，少冲动，谨言慎行，自然少犯错。"

说完，便起身拉着毕怡庵的手说："天命难违，你送我走吧。"

走了一里地，少女流着泪对毕怡庵说："就到这里吧。只要你我有意，以后未必没有相见之日。"说罢，就隐匿不见了。

毕怡庵忽然大声喊道："聊斋先生为你立传，总要留个名字吧。"

拂晓的天空中，少女的声音在依稀的群星间传来："我叫宁宁，你自己知道就好，莫要说出去。"

康熙二十一年腊月十九，毕怡庵来到聊斋先生教书的"绰然堂"中，同榻共眠时，向他讲了这个奇异的故事。夜凉似冰，窗外传来寒风的呼啸声。聊斋先生告诉毕怡庵："有幸能写这样的狐狸，我的聊斋故事也能熠熠生辉了。"

毕怡庵还特意嘱咐聊斋先生，不要把"宁宁"这个名字写进去。

泰山人尚生做梦都没想到，自己这一生，竟然跟三只狐狸发生了关系。

秋夜微凉，尚生在书房内久坐困乏，遥望夜空，明月高悬，星汉灿烂，让人心旷神怡。尚生披了件衣服，走出房门，屋外是一片浓郁花木，漫步其间，不由想入非非。

忽然，他听到有人在墙头上说："想什么呢，如此着迷？"

尚生心里一惊，抬头看，竟然是个女子，坐在墙头上，摇摆着双腿，裙角飞扬，颇有风情。他略一思索，附近的邻居中并未有这样的女子。

女子见他发呆，笑着从墙上跳下来，走到他身边说："客人上门，主人就如此冷淡吗？"

尚生仔细打量，女子相貌俊俏，眉眼之间娇媚异常。忍不住问："你是从哪里来的？莫非是从月亮上来的仙女吗？"

女子含情脉脉地看着他说："你管我从哪里来。"说着就伸手摸了摸尚生的脸颊，指尖柔软滑腻，尚生不禁心神荡漾，一把握住她的手，就压揽她入怀。那女子柔弱无骨，趁势倒在尚生怀里，任他轻薄。

尚生把她抱起来，说：“院子里凉，不如到屋内小坐，也好让我尽地主之谊。”

女子任尚生抱着，进了屋，被放在床上。两人虽是初见，却毫无生疏之感，不一会儿已是千般旖旎，万种柔情。

一番亲昵后，尚生才问女子姓甚名谁，家住哪里。

女子说：“我姓胡，在家排行老三，你就叫我三姐吧。”可是就不说自己住在哪里。尚生追问，她也不回答，只是说：“你还是不要问了，要是知道了，我们就没办法相会了。”

尚生心里盘算，三姐很可能是附近村里谁家的女儿，万一真要是熟人家里的，还真不好再相会。为了跟她长久好下去，就不再追问。自此以后，尚生每晚都与三姐相会，日子过得好不惬意。

一天晚上，两人交欢后，依偎在一起聊天。灯光闪烁，尚生看三姐杏脸桃腮，柳娇花媚，不由得眼珠子直勾勾地盯着，就像被拽住一般。

三姐笑着说：“看你这眼神，像是恶虎要吃了我一般。”

尚生说：“吃了你又如何？”

三姐说：“你不是才吃过？”

尚生说：“就是吃你千回万回也不够啊。”

三姐说：“我这样丑陋的相貌，还把你迷成这样，你若是见了我家四妹，不知道会不会发狂呢。”

尚生听了，心里越发痒痒，恨不得马上一睹四妹的风采。他对三姐哀求着，希望她能让自己见到四妹。

三姐说：“男子都是这样，吃着碗里的，看着锅里的。不过也怨我，非要跟你提她干吗呀。”

尚生以为三姐生气，唯恐赔了夫人又折兵，就没有再提。

可是第二天晚上，三姐来时，竟然带来了一位少女，面庞如垂露的荷花般细嫩，如烟润的娇杏一样光洁。她看见尚生，嫣然一笑，流露出无法言喻的娇媚与美艳。

尚生心里狂喜，连忙拉她们坐下。三姐与尚生打情骂俏时，四姐就安静地坐在旁边，低头摆弄绣花带子。三姐看尚生心不在焉，就起身要离开，四姐也站起来，要跟着回去。

尚生拉住四姐的手，不想让她走，但不知道怎么说，只好求助三姐说："姐姐帮忙劝劝呗。"

三姐就笑着对四姐说："妹妹多坐一会儿吧，他倒是个有趣的人，你和他聊聊天，免得他犯了病。"

四姐没说话，但也不再坚持要走。等三姐刚离开，尚生就上去想亲吻四姐。四姐伸手挡住他说："有些事，我必须提前跟你说清楚。"

尚生急切地说："有什么话，妹妹尽管说。"

四姐说："我和三姐都不是人，而是狐狸。"

尚生心里一惊，但马上就想："是人还是狐狸，于我而言，有什么区别呢？像我这样的才子，要是找个普通人家的凡俗女子，肯定心有不甘，世情如鬼，人心险恶，人倒是还不如狐狸呢。"

于是就对四姐说："不管你是人还是狐，我都爱。"

四姐说："我和三姐不一样，三姐贪图享乐，经常去迷惑男人，索求无度，凡是被她迷惑的人，没一个有好下场的，光是我知道的，就已经有三个男人为她死了。"

尚生听了，更是心惊胆战。

四姐说："不过你也不要害怕，如果你真爱我，我会帮你化解的。"

尚生赶紧搂住她说："今生今世，我只爱你一人。"

四姐没有再阻拦，两人就着皎洁的明月，享尽了欢悦。事后互吐心声，平生经历，毫无保留。

四姐躺在尚生的手臂上问："我比三姐如何？"

尚生说："各有千秋，三姐风骚，四姐婉约。"

四姐笑着说："风骚是毒药，你以后还是戒了吧。"

尚生担心地说："如果她非要来找我，我该怎么办呢？"

四姐说："不用担心，我虽然年纪没有三姐大，但修炼有成，得到了仙人的法术，我在你寝室门口贴上一道符，就可以阻止她进来。"

四姐写了一道符，贴在门口。

天亮之后，三姐过来，看见门口的符，生气地说："你这臭丫头，上房拆梯，遇到自己喜欢的人，就把牵线人给抛弃了。你俩有缘，我不会搅局，但何必做得这么绝呢？"说完，气呼呼地走了。

过了几天，四姐有事出门，约定隔一夜再来。尚生闲来无事，就到山下林中游玩。从一片茂密的槲树林里出来一个少妇，柳腰花态，双瞳剪水，她直直地冲尚生走过来，对尚生说："小伙子何必那么迷恋胡家姐妹呢？年轻人除了女人，还要有钱才行。"说着就拿出一贯钱送给尚生，又说："你先回去，买些好酒，我随后带下酒菜过来，我们边喝酒边快活。"

尚生看着那一贯钱，竟然丝毫没有抵抗，伸手接过来，然后去村里酒坊打了些酒。刚到家收拾停当，少妇就来了，带了一只烧鸡和一个卤猪肘子，用刀子细细切成肉丁。两人饮酒调情，颇为欢乐。到了后来，便吹灭了灯，一起上了床。少妇果然风骚入骨，让尚生极尽舒爽，体会到了前所未有的欢乐。

直到天色大亮，两人才醒来。少妇正在床头穿鞋时，忽然听见门外有人声，顷刻间，人就已经进了房子，原来是胡家姐妹。少妇惊慌失措地逃走了，连鞋都没来得及穿。

胡家姐妹冲着少妇的背影怒声呵斥："骚狐狸，胆敢和我的男人睡觉！"

两人边喊边追上去，过了好一会儿才折返回来。

四姐埋怨尚生说："你真没出息，我才走了一夜，你就跟别的狐狸睡觉，以后我再也不理你了，免得脏了身子。"说着，怒气冲冲地就要离开。

尚生赶紧跪倒在地，向她道歉，苦苦哀求她不要生气。

三姐在旁边说："妹妹，此事也不能全怪尚生，他毕竟是凡夫俗子，哪能经得起骚狐狸的勾引。你又不是不知道我们狐族的特性，想勾引哪个男人得不了手呢？"

四姐长叹一声，没有说话，不过看上去怒气消散了一些。三姐给尚生使眼色，尚生赶紧起来，过去抱着四姐说了些俏皮话，终于把四姐逗乐了。此后彼此相好，再也没有发生类似的事。

有一天，有个陕西人骑着驴来到尚家大门前，高声说："这些年，我到处找这个妖精，苦心人天不负，今天终于让我找到了。"

尚生的父亲听见这番话，就出门去询问缘由。

只见那人长相奇古，像个修行术士，他对尚父说："我常年奔波在山水间，游历四方，一年有八九个月不在家，想不到狐狸精竟然迷惑我的弟弟，害死了他。我知道此事后，发誓一定要找到害死他的妖精，为此已经奔波了几千里路，却一直没找到妖精的踪影。如今妖精就在你家，如果不灭了它，你家里一定会有人像我弟弟一样被害死。"

尚生父母时常听人说自己的儿子跟不明的女人往来，听了这番话，非常害怕，马上把术士请进去，求他施展法术捉妖。

尚生听到他们的话，马上去告诉三姐、四姐。四姐责怪三姐说："早让你收敛，不要害人，现在大祸临头了吧！"

尚生催促她们赶紧逃跑，四姐说："我们活该有此一劫，已经逃不了了，是生还是死，上天早已注定了。"

屋外，术士摆好法坛，又取出两只瓶子，摆放在地上，然后画符念咒，过了好一阵，有四团黑雾从房子里出来，被吸进瓶子里。

术士高兴地说："一锅端了！"然后用猪尿脬把瓶子裹起来，封得结结实实。尚生的父亲喜出望外，摆下酒宴，感谢术士。

尚生眼睁睁地看着三姐、四姐被吸进瓶子，束手无策，趁着术士饮酒，偷偷靠近瓶子。听见四姐在里面说："你这胆小鬼、负心汉，莫非要看着我死不成？"

尚生心里越发难过，他伸手去撕瓶子上的封条，却徒劳无功，瓶子还是封得死死的。四姐说："你这样做没用，必须把法坛上的令旗放倒，再用针刺破猪尿脬，我才能出来。"

尚生按照四姐说的去做，果然见一丝白烟从孔里冒出来，直上云霄而去。

术士酒足饭饱后从房里出来，看见令旗倒在地上，大惊说："完蛋了，妖精跑了，一定是公子干的吧？"他赶紧把瓶子拿起来，摇了摇，长吁一口气说："幸好只跑了一个，她既然不该死，那也是上天注定的，就饶了她吧。"于是，把瓶子装起来，告辞而去。

这时尚生才知道，原来只有四姐跑了，她的三个姐姐全都被捉了。

不知不觉，过了十年，尚生年近中年，父母也已老去，他放弃了读书，安心在家里经营田地。

有一天，他在地里带着长工割麦子，远远看见树下坐了一个女子，看着像是四姐。忍不住走过去看，果然是她。尚生高兴地拉住她的手，问她别来无恙。

四姐说："一别已经十个春秋，如今我已修炼成仙，可是对你的思念却迟迟不能割舍，所以来此探望你。"

尚生想拉着四姐一同回家。四姐说："今非昔比，我已成正果，不能再沾染凡尘俗情。这次来，看你还好，我就放心了，以后我们还会再见面的。"说完，就消失不见了。

尚生心里一阵黯然，但又为四姐修行有成而高兴。

又过了二十年，又是一个秋夜，尚生一个人在屋里闲坐，仰望着璀璨星河。忽然看见四姐从天边飘然而至，模样竟一点儿也没变。尚生高兴地跟她说话。

四姐说："我已经正式受了仙箓，名列仙籍，本不该再到尘世中来，但是为了报答你的情意，我特地来告知你的死期，你可以早日准备后事。"

尚生说："我不怕死，我怕的是死去后，再也没有机会见到你。"

四姐说："你不必为此忧伤，到时候，我会度你成为鬼仙，免受轮回之苦。"说罢，就飘然而去。

接下来一段时间，尚生安排好家里的事，一心等待死亡到来。到了四姐说的日子，尚生果然面带笑容，阖目而亡。

葬礼当天，家里的孩童隐约听到空中有弦乐叮咚奏响，尚家大院忽然光芒耀眼，一闪即灭。

爱奴

河间人徐生，在恩县教书。有一年腊月放假，他在回家的路上遇到一个老头。老头骑在马上，一个仆人牵着马。和徐生擦肩而过时，他盯着徐生看了好一会儿，突然开口问道："您是徐先生吧？"

徐生以为是某个学生的家人，拱手道："正是。"

老头从马上下来，问他："徐先生，明年在哪儿教书啊？"

徐生这才意识到这个老头并不是什么学生的家人。他照实回答道："还在老地方。"

老头自我介绍说："我叫施敬业。我有个外甥想聘请一个好老师。本来是打算去东屯找吕子廉先生的，不巧吕先生另有高就。我知道徐先生也是名师，不知是否愿意屈就？"

徐生道："谢谢老先生的美意，恐怕我也不合适。"

施敬业说："先生只要愿意来，我们愿意出双倍酬金。"

徐生有些生气，觉得对方轻看了他，于是口气有些硬地拒绝道："我明年已经和私塾里的学生约定好了。"

施敬业觉察到徐生不太高兴，躬身拜了拜，说："徐先生重诺守信，果然是名士。现在离过年还有一段时间，不知您愿不愿意暂时留下教他？明年再另行商议？"

说着，施敬业取出一锭黄金，双手奉上。

徐生看施敬业态度恭敬，便答应了下来。施敬业又从马上取下一个礼盒，呈给徐生，然后又说："我们村子距离此处不远，只是家中宅院狭小，喂养牲口不太方便。让仆人牵着马先回去吧，我们散着步回去？"

徐生答应下来，把身上背着的行李也放在马背上。施敬业嘱咐了几句，仆人便牵着马离开了。

两人走了三四里，徐生已经有些不认识路了。再没走多远，天已经黑了下来，远远看到前方有一个村庄。走到近前，发现村庄最外边有一座宅子，正是施敬业家。

这座宅子并不像施敬业说的那样狭小，相反还很气派。门上镶嵌着门钉，安着兽环，俨然是大族世家。

徐生心中奇怪，但也不好多问。施敬业上前叩门，片刻后便有一个丫鬟来开门。进了前厅，施敬业又把他说的外甥叫来，让他拜见徐生。这孩子看起来十三四岁，神情骄纵，看见徐生竟不施礼。徐生一看便有些不喜欢，但毕竟要为人师，神情中并未表现出来。

施敬业介绍说："我妹夫蒋南川做过指挥史。他只留下这么一个儿子，名叫蒋翰。孩子不算笨，只是有些娇生惯养。能够得到徐先生一个月的教导，实在是三生有幸。往后就请先生多费心了。"

徐生说："老丈过誉了，我一定尽力教导。"

然后施敬业就打发蒋翰去休息，又招呼下人摆上酒宴。席上的饭菜都十分精致美味，不是普通人家能见到的东西。施敬业还专门派了两个丫鬟站在徐生身后服侍他，连连斟酒送菜。

徐生还从未见过这样的阵仗。正吃喝时，他突然发现自己身边的丫鬟十五六岁年纪，明眸皓齿，很是漂亮。待徐生喝得有了三分醉意，酒宴才散。施敬业又安排下人去收拾床铺，然后才告辞离开。

徐生来到卧房，看到铺床的居然就是刚才服侍他吃饭的丫鬟。第二天早上起床时，仍然是这个丫鬟捧着毛巾、水壶，来服侍他梳洗。一天的教书工作下来，徐生回到卧房，还是这个丫鬟来铺床。

昨夜因为饮酒，徐生有些心猿意马，此时再想起来，不免觉得有些羞愧。再看那个小丫鬟干活的模样，徐生竟有些不自在。

他问丫鬟："府上有没有男仆，换一个人来负责我的起居吧？"

丫鬟愕然："是我服侍先生哪里有问题吗？"

徐生被问住了，斟酌着说："也没有，只是觉得孤男寡女……"

丫鬟听到这里便明白了，嫣然一笑，铺好被褥后就走了。

就这样，徐生和这个丫鬟朝夕相处，没几天就熟悉起来。那丫鬟性格开朗，有一天跟徐生说仰慕他很久了。徐生就开玩笑地逗她："那你愿意嫁给我吗？"

丫鬟说："不敢奢求做你的妻子。若徐先生有意，我愿意晚上留下伺候你。"

徐生大喜，便和丫鬟亲热起来。

云雨之后，徐生问她："你叫什么？"

丫鬟答他："我叫爱奴。"

徐生又问："为何你家除了施先生和他外甥，没有其他男子？"

丫鬟回答："我们家的男子都在战场上牺牲了。家里除了施舅舅只有女眷。所以外面的事也都由他去办。"

徐生恍然大悟。爱奴突然又说："夫人敬重先生，才特地叫我来侍候你。今日委身于你，是我的心意。但千万要保密，不能让夫人知道了。"

徐生说："那是自然。"

过了几天，爱奴晚上和徐生睡在一起，不小心睡过了头。待醒来时天已经亮了。她偷偷出门，迎面却撞上了蒋翰。蒋翰年纪虽小，却立时明白过来怎么回事，嚷嚷着要去向母亲告状。

爱奴神情恐慌，徐生安慰爱奴说："不要怕，我去找夫人坦白，把你娶回家就是。"

爱奴却摇了摇头："我先跟去看看吧。"

说完爱奴就丢下徐生出去了。

徐生自己起床梳洗，出去后发现宅院中并没有什么异常。他也就假装无事发生。上课时，蒋翰虽神情有些异样，却也什么都没有说。

到了晚上，爱奴照常来了，她告诉徐生："幸好夫人敬重先生。公子进去找她告状的时候，她一把捂住了他的嘴，好像怕您听到似的。她说了公子几句，然后叮嘱我平时不要在书房里逗留，以免被人说闲话。"

徐生听完，心中对老夫人非常感激。于是更想着好好教书，以报答老夫人的恩情。

第二天，徐生便要求蒋翰比平时多读两个时辰的书。蒋翰不情不愿，只是对着书发呆，不肯认真学习。徐生训他说："不好好读书，你对得起你母亲、你舅舅吗？"

蒋翰说："那也是我家的事。"

徐生道："我是你家长辈请来的老师，你若不服我管教，跟他们直说便是。"

蒋翰不说话了，但仍然懒懒散散的，不肯读书。

徐生又训斥了他几句。蒋翰便讽刺徐生："一个好色之徒，凭什么为人师表？"

徐生气极，罚蒋翰背不下来书就不许吃饭。他就在旁边督促。

到了午后，突然有人敲门。一开门，竟是爱奴。

徐生好奇："老夫人不是说让你别来书房吗？"

爱奴跟徐生说："老夫人让我传个话。她想替公子求情，看先生能不能原谅他，先让他吃饭？"

徐生看老夫人都来求情，便让蒋翰去吃饭了。

之后接连几天，蒋翰的态度一天比一天差，甚至刻意和徐生作对。徐生罚他的时候，老夫人就派丫鬟来求情。徐生为了蒋翰好，硬是冷着脸赶走了丫鬟。没想到老夫人竟亲自出来，站在书房外给蒋翰求情。求着求着，甚至当场哭了起来。

更让徐生难受的是，老夫人每天夜里都会来找他一次，在门外询问蒋翰当天的功课如何。终于有一天晚上，徐生变了脸色说："您既然放纵孩子懒散，凭什么还想看到他学问精进？这样的老师我当不了，另请高明吧！"

说完，徐生便收拾东西要走。老夫人连忙认错，说："我就这么一个孩子，实在不忍心责备他。但我也知道，只有对他严厉，才能鞭策他努力求学。这段日子难为徐先生了，往后我不会再过问他学习的事。"

徐生这才面色缓和下来，说："请老夫人放心，作为老师应当尽责的地方，我一定做到。"

这日之后，可能是老夫人对蒋翰说了什么，蒋翰读书的态度渐渐有所好转，虽谈不上勤学，但好歹是不跟徐生作对了。

徐生每天除了授课，再没什么事做，便想出去散散心。从宅子里向外望，能看到不远处有一座山，山顶有一棵白色的树。树冠隐约也是白色的。

他早就想登上山顶去看看。可每次走到院门前，都发现院门上挂着一把大锁。有一次他上完课，晚饭时喝了些酒。站在院子里远远地看着那座山、那棵白树，便叫来爱奴问："大门上的锁谁有钥匙？"

爱奴说："只有老夫人和施舅舅有。"

徐生心中憋闷，发牢骚说："又不是牢房，为什么整天要把门锁着呢？"

爱奴解释道："这是怕公子贪玩，荒废了学业。先生要是想出去，等晚上我去找老夫人说说看？"

"还要说说看？"徐生愤愤地说道，"我赚你家主人几个钱，难道就要在这里憋死？叫我晚上做贼一般溜出去，然后去哪儿？去看什么？"

爱奴吓得哭了起来，宽慰他说："徐郎，你先休息休息，醒醒酒好不好？"

"我这个老师当得又不怎么样。蒋翰的书读得怎么样，谁都看得出来。白吃饭不做事，我都觉得羞耻。正好那一锭金子还没花，在包袱里放着。"徐生说着，从包袱里取出那一锭金子，放在桌上，"你跟不跟我走？"

爱奴流着眼泪，神情中有万分不舍，但最终还是摇了摇头。

"那好，我自己走。正好无牵无挂。"

说完徐生便往外走。爱奴赶紧跑去告诉了老夫人。不一会儿，老夫人也哭哭啼啼地出来了。徐生这才发现，原来老夫人并不老，看起来不过四十岁左右。老夫人说尽了好话，可徐生喝了酒，又正在气头上，无论老夫人如何说好话，都坚持要走。

老夫人没有办法，只好让爱奴去把金子拿上，奉给徐生，然后亲自开门送徐生离开。

徐生巴不得离开，一开门便大步走出去。只是不知是因为喝了酒，还是因为天色太暗，他竟觉得门廊特别狭窄，几乎要侧着身才能走出去。

再走几步，眼前突然亮起天光。徐生一步踏出去，竟有一种梦醒之感。再看身边，哪里有什么村庄？他的身后，竟然是一大片坟墓。

徐生刚刚走出的门，是一座坟墓的封石。他也不明白自己是如何进去，又是如何出来的。倒是突然想明白了，怪不得施敬业说那宅院狭小。

在他身后的坟墓旁，另一座坟的坟头上还插着招魂幡。看形状，居然就是他每天在院子里望见的那棵山顶上的白树。

冷风一吹，徐生的酒醒了大半。回想起自己这大半个月的经历，一阵恍然。过后他既有些想念爱奴，又感激老夫人对待他的拳拳心意。只是现在他已不知道如何回去了。

于是徐生卖掉了那锭金子，用这笔钱给这片荒坟重新培了土，又种上一大片松柏，才离开这里。

过了一年，徐生偶然又经过这里，便顺路前来祭拜。刚走到墓地，远远地就看见施敬业坐在他植的松树下。

施敬业也看见了徐生，满脸笑容地过来，拱手道："徐先生！"

徐生知道施敬业是鬼，但想到去年相处了那么久，心中对施敬业全无惧怕，反而满是好感。他也很想念老夫人、爱奴还有蒋翰，便也笑着施礼道："施先生好！"

施敬业说："一年了啊，徐先生能否赏脸共饮一杯？"

徐生道："恭敬不如从命。"

"先生跟我来。"

施敬业在前面带路，徐生跟上。徐生这次长了心眼，一路上都留心着周遭的环境。这附近他曾到处寻访过，并没有人烟。然而走着走着，前方居然又出现了一个村子。远远就看见村口有一间茅草棚，挂着酒招，迎风飘扬。

施敬业带徐生来到酒家坐下，打了一壶酒。老板和施敬业很熟悉，还送了他们两碟按酒果子。徐生正走得口渴，坐下便大大方方地喝了起来。

徐生问施敬业："为什么我自己找不到附近有村子呢？"

施敬业笑道："徐先生想必早就知道我们是泉下之人了。这里是鬼生活的地方，人自然进不来。"

徐生还是好奇："都说鬼怕太阳，你怎么不怕？"

施敬业说："也不是所有鬼都怕。"

"那鬼吃的、喝的、用的东西，和人一样吗？"

"有时候一样，有时候不一样。"

"不一样的东西都有什么？"

"不能说，但给你吃喝的肯定是一样的。"

"哈哈哈……"

徐生被逗得大笑，端起酒杯一饮而尽。两人就这样闲聊着，不知不觉喝完了一壶酒。

施敬业起身付了酒钱，又说："我家离这儿不远，我妹妹正好也回娘家来了。她很想念徐先生，还时常跟我说起您的教诲。不知道徐先生是否还愿意去我家坐坐？"

徐生道："当然愿意！我去年酒后唐突了，应该向老夫人当面道歉。"

天已经彻底黑了。施敬业带着徐生离开酒家，往村外走了一里多路，又进了一个村子。徐生左右看看，觉得景物眼熟。没走几步，蒋家的宅门已出现在眼前。

和去年相比，宅子看起来焕然一新。旧地重游，徐生心情大好，跟着施敬业进了门，不久便有下人点上了蜡烛。

老夫人从里面出来，向徐生拜谢道："我们蒋家衰落多年，门户萧条。先生没有因我们是鬼而远离我们，相反还肯施恩于泉下之人，实在是让老身无法报答。"

徐生道："老夫人多虑了。去年我酒后失言，现在想起来实在是太过无礼了。这一年来，我每次想起这件事，都很后悔。今天终于有机会能够当面向您道歉了。"

说着徐生就拜了下去。老夫人连忙说："徐先生，万万使不得啊！"

施敬业双手将徐生和老夫人一扶，笑着说："一个感谢一个道歉，已经认识一年了，不用这么客气啦。"

徐生和老夫人这才落座。徐生问起蒋翰的学业。原来他走之后，老夫人想起他说的话，便让施敬业学他，督促蒋翰读书时严厉一点儿。一年下来，蒋翰的学业果然精进了许多。

聊了半个时辰，施敬业便安排下人收拾客房，留徐生住下。徐生心中思念爱奴，却又不好意思询问。

老夫人似乎看穿了他的心思，叫来爱奴，说："徐先生，她是我最喜欢的丫鬟。我知道你们两人早有情意。去年她就该跟着你走的，怪我疏忽了。往后我就把她送给你了，请徐先生不要推辞。"

徐生大喜，连连答应。于是施敬业和老夫人留下爱奴便离开了。

徐生和爱奴一年未见，自然免不了干柴烈火，一番云雨，情深话长。

第二天鸡叫头遍的时候，施敬业便来敲门，催促徐生收拾行装上路。从卧房出来，老夫人也已等候多时。她嘱咐爱奴说："徐先生是我们的大恩人，你要好好服侍他。"

爱奴应下。老夫人又对徐生说："以后和爱奴在一起的时候，你要谨慎一些。你们毕竟人鬼殊途，普通人是不可能理解的。"

徐生认真地答应下来，然后跟老夫人和施敬业告辞，和爱奴同乘一匹马离开了。

徐生平时就住在书院里。回来后爱奴和他一起住下。

每天，爱奴都把家里收拾得井井有条。有时徐生突然想到什么事，还没说，爱奴已替他做好了，就仿佛爱奴能看到他心里想什么一样。到了晚上，爱奴就帮徐生按摩。她似乎懂什么法术，徐生觉得哪里不舒服，只要让爱奴一按便好了。

有一次徐生的朋友来拜访他。徐生想让爱奴躲避，却发现朋友根本看不到爱奴。这之后，他便不再小心翼翼，反正别人也看不见。有爱奴这样的妻子每天伺候着，徐生觉得自己过的简直是神仙日子。

这一年快到清明节的时候，爱奴说想回去看看。徐生就骑马把她送到了墓地。

爱奴下马后，徐生说："代我问候老夫人和施先生！"

爱奴说好，往墓地走了几步，就消失了。

过了几天就是清明节，徐生带了香烛来到墓地。远远地就看见爱奴坐在树下等他。她换了新衣，打扮得漂漂亮亮的，像回了一趟娘家一样。

祭扫完，徐生就带着爱奴回了书院。如此来来往往，徐生习以为常，已经把爱奴当成了自己的发妻。

到了年底，徐生辞去了书院的工作，打算带爱奴回一趟家。爱奴却说，她毕竟是个鬼，去见徐生的父母恐怕不吉利。徐生只好送爱奴回墓地，约定好以后再见。

爱奴指着一堆石头说："这是我的墓，我服侍夫人很多年了，死后也葬在她身边。等你再经过这里时，烧一炷香悼念我，我就会来找你。"

徐生记下，又叮嘱了爱奴几句，才恋恋不舍地离开。

回到家过完年，已是过去了几个月。暮春时分，徐生突然觉得非常想念爱奴。于是他从河间赶到墓地，按照爱奴说的点上香，诚心祷告。爱奴一直没有出现，徐生便坐在松树下安静地等她。太阳落山，月亮升起。徐生渐渐觉得又累又饿，便在松树下睡着了。

不知睡了多久，徐生突然觉得脸上有一丝凉意，然后被惊醒。原来已经是早上了。一滴露水滴在了他的脸上。

爱奴还是没有出现。徐生满心怅然。他想去找个村子吃点东西，又怕爱奴来找他时错过，只好继续等。等了一天又一夜，爱奴仍然没有出现。徐生饿得头晕眼花，最终忍不住走了。

吃过饭，徐生打算先回家。可走到半路，又觉得不甘心。于是他找到一个乡镇，买来一口上好的棺材，又找了几个工人，来到墓地，指挥工人们去挖爱奴的墓。他想把爱奴带回河间安葬。毕竟他们俩也算是夫妻一场。

挖开坟墓，爱奴正静静地躺在棺材里。让徐生惊奇的是，爱奴的尸身竟然没有丝毫腐烂。她的皮肤如玉一般润泽，头上戴着玉饰金钗，腰间还缠着几锭黄金。她身上的衣服似乎也是由珍贵的绸缎缝制，刚打开棺材时，还能看到锦绣的色彩。片刻后，色彩消失。一阵风吹来，衣服便化成飞灰消失了，露出爱奴玉骨冰肌的身体。

徐生脱下自己的衣服，给爱奴盖上，把她抱进新买的棺材里。又把那些金玉之物也都捡起来放进棺材里。然后赶着马车，离开了这片坟地。

几天后，徐生到了河间。他租了一处屋子，把爱奴的棺材停放在里面，又买来绣花的绸缎盖在上面。晚上，徐生就睡在棺材旁边，像当初在书院时那样，和爱奴一起生活。

这天晚上，徐生正躺在棺材旁边睡觉，迷迷糊糊中突然听到有人叱道："好你个盗墓贼！"

徐生一惊，连忙爬起来，却见爱奴正笑盈盈地站在他面前。

徐生大喜道："爱奴你去哪儿了？我等了你好久，本来以为再也见不到你了。"

爱奴说："我陪夫人去了一趟东昌府。没想到回来一看，家都被人拆了。夫人说估计是你干的，果然是。"

徐生问："你还要回去吗？"

爱奴说："以前之所以不肯同你回河间，主要是因为我从小受夫人的恩情，舍不得离开她。现在，你既然都把我劫来了，我就住在这儿了。明天赶紧去把我安葬了吧。"

徐生想起爱奴尸身未腐，就问她："传说古代有人能死而复生。你的尸身既然还和生前一样，为何不能复生呢？"

爱奴叹道："生死之事，上天自有定数。那些传说中的灵迹，多半是闲人幻想出来的。如果我想要再以人身起来走动，那自然是很容易的。只是起来也不代表复生，不能像活人一样生活，有什么意思呢？"

说着，爱奴打开棺材，躺了进去。只见爱奴的尸身果然立刻就站了起来，亭亭玉立，楚楚动人。

徐生突然想起那天见到的爱奴裸体，心中一动，伸手在爱奴胸前摸了一把，只觉得触感滑腻而冰凉。

爱奴早就习惯了徐生这样，继续解释说："我生前蒙夫人宠爱。有一次主人从西域回来，带了数万两黄金。我偷偷拿了一些。夫人知道后也没有责怪我，反而装作不知道。后来我得了重病，去世前便把金子藏在身上陪葬。夫人痛惜我命薄，又拿了许多金玉入殓。我的身体之所以不会腐烂，就是因为有这些金玉珠宝的滋润。如果平时用这副肉身在人间走动，怕是不能保持很久。"

徐生有一句没一句地听着，此时已经有了欲念，就将爱奴抱在怀中亲热。

爱奴知道徐生怜爱自己，不忍心坏了他的兴致，就说："徐郎如果喜欢这样，那我以后就以这副肉身和你生活。但你切记不能强迫我吃喝，倘若我灵气一散，魂魄便会和尸身一起消散。"

徐生满口答应，把爱奴抱在床上，一夜欢好。

这日之后，徐生另买了一座宅子，和爱奴同住。爱奴的言谈神情皆和普通人一样，只是不用吃喝，也从不需要休息。邻居们自然发现不了这些，都以为他们是一对恩爱的夫妻。

过了几年，徐生有一次独自在家中饮酒，喝醉了。他看爱奴在身边陪着，却不能共饮，一时心中有些不满，便忘了几年前爱奴的叮嘱。徐生借着酒意，强行把爱奴抱在怀里，灌她喝了一杯酒。

爱奴立刻浑身僵硬地倒在地上，嘴里汩汩地流出血水。

徐生追悔莫及，可无论他如何呼唤爱奴，地上的尸身都没有再给他回应。傍晚时分，尸体便腐烂了。

徐生只好厚葬了爱奴，从此再也不喝酒了。

　　胶州的黄易在崂山下清宫里读书。一天，他看见窗外有位少女，一袭白衣，在花丛中若隐若现。黄易心里疑惑，深山道观之中，哪里来的少女？于是起身推门去看，可转眼之间，那少女就不见了。

　　自此后，黄易经常看见她，每次想上去搭讪，那少女就不见了。

　　这天，他藏在树丛里，等少女来。等了没多久，就见她和另一位红衣少女一起过来，两位女子都是人间绝色。

　　她们越走越近，忽然红衣女子停下脚步，迅速向后退了两步，诧异地喊道："这里有外人。"黄易慌忙从树丛里站起来，想向她们解释。可是两位少女被吓得花容失色，惊慌奔逃。一时裙裾飞扬，香气袭人。黄易赶忙追过去，到一堵短墙前，两个少女却都不见了踪影。

　　黄易长居道观，寂寞惆怅，见到女子难免意乱情迷，心生爱慕，便在树下题了一首诗：

　　　　无限相思苦，含情对短窗。
　　　　恐归沙咤利，何处觅无双？

回到书房后，想起刚才的情景，黄易久久不能平静。忽然看见白衣少女竟从门口走了进来，黄易又惊又喜，呆呆地站起来，一时语塞，不知道说什么好。

少女看着呆滞的黄易，微微一笑说："你刚才不是个气势汹汹的强盗吗？现在怎么成了呆子？"

黄易一时恍惚，不知道该如何接话。

少女又说："刚才看了你的诗，才知道你原来也是个风雅的人，这才出来和你见一面。"

直到这会儿，黄易才缓过神来，问："姑娘如何称呼？"

少女说："我叫香玉，原籍平康里，如今被道士困在山中。"

黄易觉得很惊异，就说："告诉我道士的名字，这里的人我都熟悉，我去帮你说情。"

香玉摇头说："算了，其实他也不敢强迫我干什么。再说，待在这里也有好处，可以跟你这样的风流才子幽会。"

黄易被她这么一说，竟然有些不自在，就换了个话题问："那个穿红衣服的姑娘是谁？"

香玉说："她呀，是我义姐，名叫绛雪。"

两人聊了半天闲话，言语间颇为投契，不免有些眉来眼去，情投意合。最后郎情妾意，搂在了一起。

待东方既白，红日初升，香玉急忙起床说："哎呀，欢乐的时光总是这么短暂，才觉得一会儿，天就亮了。"

她一边穿衣换鞋，一边对黄易说："我也写了一首唱和郎君的诗，你听了可千万不要取笑我。"

黄易赶紧说："我怎么会取笑你呢？"

香玉念道："良夜更易尽，朝暾已上窗。愿如梁上燕，栖处自成双。"

黄易听了，既喜爱又感动，紧紧握住香玉的手说："你这样秀外慧中的女人，真是让人爱而忘死，一想起你要走，就忍不住伤心。有时间你一定要再来，不必非等到晚上。"香玉娇笑着答应了他。

从此，每天夜里，香玉都会来与黄易相会。黄易有时想起红衣少女绛雪，便多次请香玉邀她同来。但绛雪从未来过，黄易就有些不开心。

香玉安慰他说："我姐姐性情冷漠，不像我这种直性子，我会慢慢开导她，你别急。"

一天晚上，香玉一脸惶恐悲切，冲进门来就说："你连我都守不住，还想着绛雪，如今大难临头，我们就要永诀了。"

黄易不明所以，赶紧追问原因。

香玉悲切地说："这是天意，一时跟你说不清楚。你以前写的诗，'佳人已属沙咤利，义士今无古押衙'，真是一语成谶。"

可无论黄易问什么，香玉只是低声抽泣，一句话也不肯说，等到天亮后就依依不舍地离开了。

香玉走后，黄易总觉得诧异，思前想后，也想不明白她话中的蕴意。

第二天，有个即墨县姓蓝的香客到下清宫来游览，见院里有一株白牡丹，十分喜爱，就将它挖出来，径自拿走了。

这时，黄易才恍然大悟，原来香玉竟然是牡丹花妖，顿时心中惋惜不已。

过了几天，黄易听说，花被姓蓝的人移回家后，一天天憔悴，已枯萎而死。黄易无比伤痛，悔恨自己未能挽救香玉，一连写了五十首《哭花》诗，每天到牡丹被挖走后留下的空穴处悲戚地诵读。

这天，他刚读完诗想回去，一转身，竟看见红衣少女绛雪在旁边悲泣，他走过去，绛雪也不躲避，于是挽住她的胳膊，两人相对而泣。

黄易邀请绛雪到自己的房间里坐坐，绛雪没有拒绝，跟着来了。坐下后，绛雪感慨说："从小到大的姐妹，就这么突然断了音信，真让人伤心！"

她看着黄易又说："我听说你痛不欲生，就越发难过，如果眼泪能流入九泉，她也许会被我们的诚意打动而活过来。可这都是痴心妄想，她已经死去多日，神消气散，怎么还可能与我们一起谈笑呢？"

黄易失落地说："是我命薄福浅，害了她。"

绛雪说："也不能怪你，人人都有自己的宿命，这都是上天已注定的。"

两人忍不住又是一阵悲切落泪。

黄易问："以前我多次让香玉邀请你来，为什么你不来呢？"

绛雪望着他说："过去我总听别人说，负心多是读书人，就一直认为你这样的青年书生，十有八九是薄情寡性之人，真没想到你竟是个痴情人。"

黄易哀叹说："多情自古伤离别，我真希望自己是薄情人，也就不会有如此痛苦了。"

绛雪听了十分感动，对他说："你真要是薄情人，我也不会出来见你。但是我要提醒你，我和你来往，只是为了情，而不是欲望，你要是对我有什么非分之想，趁早打消。"

　　黄易苦笑着说："香玉走后，我寝食难安，怎还会对你有他想？邀你来此，是因我心里难受，想跟你说说话，舒缓心情。"

　　绛雪听闻此言，就放心地留了下来，两人一直聊到天明，她才离开。但此后几天，她都没有再来过。

　　黄易依然沉浸于痛失香玉的悲伤之中不能自拔，彻夜难眠，就算偶尔睡着，也经常被自己的泪水浇醒。半夜披衣坐起，坐在灯下，依着上一首诗的韵律，又写了一首：

　　　　山院黄昏雨，垂帘坐小窗。
　　　　相思人不见，中夜泪双双。

　　写完后，他一连读了好几遍，忽然听见窗外有人说："做诗不能无人唱和。"黄易一听，便知道是绛雪的声音。他起身开门，让绛雪进来。

　　绛雪看了他的诗，提笔在下面写道：

　　　　连袂人何处？孤灯照晚窗。
　　　　空山人一个，对影自成双。

　　黄易读了，潸然泪下，竟然生出了知音之感，于是埋怨绛雪来得太少。

绛雪说："我不像香玉妹妹那样热情，只是偶尔来陪你聊天，缓解你的寂寞罢了。"

黄易想让两人的亲密度再进一步。但是绛雪说："相见就是快乐，又何必非有肌肤之亲呢？"

黄易觉得非常羞愧，也就不再想入非非。

此后，绛雪经常过来，两人吟诗作对，饮酒谈天。绛雪有时聊完就走了，有时会留宿，但两人从未发生过亲密关系。

人生得一知己足矣，黄易并不想强人所难。

他经常对绛雪说："香玉是我的爱妻，而你是我的知己。"他想起香玉是花妖，那么绛雪肯定也是，就问她："你是院中的哪一株，早点儿告诉我，我要把你移植到家中，免得遭了香玉一样的厄运。"

绛雪摇摇头说："告诉你也没有用，故土难移，香玉尚且不能跟你长久，何况是我呢。"

黄易不听她的话，强拽着她的手到了院子里，一株一株地指着牡丹问："这是你吗？"绛雪不回答，只是掩口而笑。

转眼之间，年尾将至，黄易回家去过年了。

可才出正月头一天，黄易忽然梦见绛雪来找自己，悲戚地说："我亦大难临头，你若早些赶来，我们还能见一面，如果迟了，恐怕就再也见不到了。"

黄易被惊醒，心里十分不安，即刻让家人备马，连夜赶往下清宫。到了以后，一进院子，就什么都明白了。

院子里有一棵耐冬树，两丈多高，几十围粗。观里的道士要新建房子，嫌耐冬树妨碍，正让工匠们把树砍掉。万幸还没有动手。黄易引经据典，编造了很多理由，又给了些银钱，才说服他们不再砍树。

当夜，绛雪来向黄易道谢。

黄易故意调笑说："以前你不说实话，才遭此厄运。不过我总算知道了你的真身，倘若你以后不来陪我，我就用火捻子烫你。"

绛雪佯装生气说："早知道你会这样做，所以才没说实话。"

黄易看着绛雪，动情地说："看见你，我越发思念香玉了。我也好久没有去看她了，不如现在一起去吧。"

两人来到牡丹的空穴之处，洒泪凭吊，一直到天亮。

过了几天，绛雪匆匆跑来，激动地对黄易说："告诉你一个好消息，香玉要回来了。"

黄易忙问："怎么回事？"

绛雪说："你的真情感动了花神，花神答应让香玉重回下清宫了。"

"真的吗？什么时候？"

"当然是真的，这种事我能骗你吗？"绛雪说，"估计就是这两三天。"

两人一时激动，竟然相拥而眠，一夜柔情。天明以后，绛雪要走，黄易说："你以后要常来看我。"

绛雪笑着答应了，但随后两天晚上都没有来。

黄易跑到院子里，抱着耐冬树，无论摇晃还是抚摸，都没有一点儿动静。黄易无奈，回去把火捻子拿出来，做出要烧树的模样。

绛雪果然出现了，一把夺过火捻子，骂道："你这坏人，竟然真要烧我，从此以后，我们一刀两断。"

黄易赶紧抱住她，一边道歉，一边就要亲吻她。突然发现香玉不知什么时候站在旁边，正笑吟吟地看着他俩。

看见香玉，黄易缓缓放开绛雪，泪如泉涌，怔怔地朝香玉走了过去，想握住她的手，却感觉空空如也。

黄易喃喃地问："怎么会这样？"

香玉解释说："以前我是花妖，如今成了花鬼，神聚但形散。今日重聚，你就当我们是在梦中相会吧。"

绛雪看见香玉，欣喜地说："妹妹，你回来真是太好了，我都要被你男人纠缠死了。"

香玉笑着说："我看你们也挺合适。"

绛雪说："你又不是不知道我，我对男人没什么兴趣，要不是看他对你痴心一片，我连面都不会跟他见。"说完，就飘然离去了。

香玉虽然回来，可是有形无体，两人情到浓时，却无法接触，黄易为此郁郁不乐。

香玉说："郎君不用烦恼，你用白蔹屑，再掺些硫黄，兑水后撒到我的空穴之处，明天你就会见到惊喜。"

黄易当即便照香玉的话，找来白蔹屑，掺了硫黄，兑水后浇洒在牡丹的空穴处。到了第二天，再去看时，竟然已新生出一丛牡丹。黄易非常激动，赶忙去找来树枝，专门为牡丹做了护栏。

当夜，香玉来后，对黄易感激不已。黄易提出，要把牡丹移到家里去，香玉拒绝了。她说："我体质羸弱，经不起折腾了。"

黄易问："那怎么办呢？"

她说："万物各有命数，我本不是生在你家，如果硬要违背天意，反而会减少寿命。春宵苦短，你我更要珍惜这短暂的光阴。"

黄易想起绛雪，就说她好久都没来了。

香玉顿了顿说："如果你非要她来，我倒是有办法。"

两人来到耐冬树下，香玉用草茎作尺子，自下而上量到四尺六寸的地方，让黄易用两手搔挠。

不一会儿，绛雪就出现了，笑骂道："你这丫头，真是助纣为虐啊。"

香玉笑着说："姐姐不要生气，我现在的身体实在太虚了，无法侍奉郎君，只能请姐姐你来陪他，一年后就不会再烦扰你了。"

绛雪无语，翻着白眼，任凭黄易和香玉把她拉进房间。

那株牡丹一天天茂盛起来，黄易的心里也是一天比一天高兴。每次回家，都要留银钱给道士，嘱咐他们精心呵护那株牡丹。

过了年，黄易再来下清宫时，发现牡丹结了一个花骨朵，含苞待放。他正在欣赏之时，那朵花竟缓缓地开了。不一会儿的工夫，就开得像盘子一样大。花蕊里有一个小小的美人，约一寸大小，小人飘然而下，渐渐变成了香玉。

香玉娇嗔说："我为了等你，忍受着风吹日晒，你怎么才来？"

两人牵着手进了房间，互吐衷肠。绛雪忽然进来，笑着对香玉说："我每天代替你做人家的妻子，今天终于解脱，重新成为知己了。"

三人坐在一起喝酒谈笑，到了深夜，绛雪离去。黄易和香玉同寝，自然是无比恩爱。

后来，黄易家中的正妻去世后，他便彻底搬到下清宫，与香玉日夜厮守。

在黄易的照料下，牡丹越发繁茂旺盛。黄生动情时，经常指着牡丹说："他日离世后，我希望魂魄能长久地陪伴在你身边。"

香玉和绛雪同时说："郎君不要忘了你的话。"

一晃十年过去。

一天，黄易生了重病，儿子闻讯赶来，看到父亲病入膏肓，十分悲伤。

黄易笑着对他说："傻孩子，这有什么可伤心的，生死相依，死即是生，我只有在此处死去，才能在他处重生。"

他又对下清宫的道士交代说："牡丹花下，将有红色的新芽发出来，长着五片叶子，那就是我。"

儿子用马车把黄易载回家，刚到家，黄易就去世了。

第二年春天，牡丹花下果真有红色的花芽生出，叶子恰好就是五片。道士们非常惊奇，都用心浇灌着它。三年后，这株花竟然长到好几尺高，有两手合围那么粗，却从来都不开花。

老道士去世后，弟子们不知爱惜，嫌它不开花，就把它砍了。没想到，它旁边的那株白牡丹，也随即枯萎而死。

不久，耐冬树也死了。

西湖主

洞庭湖上，波光粼粼。

陈弼教坐在船上，望着眼前的风景，心里感慨万千。自从做了副将军贾绾的文书，他每年都会到湖上游玩几次。

此时，湖上风景如画，清风徐来，好不惬意。

忽然，一条猪婆龙浮出水面。

副将军贾绾眼疾手快，引弓射箭，一箭就射中猪婆龙的脊背。众人把猪婆龙拉上来时，它的尾巴上还咬着一条小鱼，便把它也一起捉了。

猪婆龙被拴在船桅上，奄奄一息，嘴巴一张一合，似乎在哀求。陈弼教看它可怜，就去找贾绾求情。

"将军，这猪婆龙如此可怜，又无法蒸煮下酒，不如把它放了，也算是积德行善了。"陈弼教说。

贾绾想了想，说："确实无用，那就放了吧。"

征得副将军的同意后，陈弼教先将金创药涂在猪婆龙的箭伤上，才将它放入水中。猪婆龙入水后，回头望了望他，很快消失在水中。

事情过去一年多后，陈弼教回北方老家，经过洞庭湖。不想竟遭遇大风，转眼之间，船就被大浪掀翻。落水的陈弼教抱住一个竹箱子，漂浮了一夜，才被岸边伸出来的树枝挂住。

他爬上岸后，见水面上还漂着一个人，仔细辨认，竟是他的随身童仆，赶紧把人拉上来，可是童仆早已遇难了。死里逃生的陈弼教心生悲凉，迷茫地看着前方，不远处小山起伏，苍翠幽深，有青青的细柳在风中摇曳，却杳无人迹。

正当他犹豫不决，不知该往何处去时，死去的童仆竟然微微一动，似乎并未死透。

陈弼教赶紧过去施救，童仆吐出几斗水后，醒了过来。

"太好了！"陈弼教把童仆的衣服脱下来，在石头上晾晒。正午时分，阳光炽热，衣服一会儿就晒干了。主仆二人穿上干爽的衣服后，心情舒畅许多，此时才觉得饥肠辘辘。

童仆说："主人，我们往前走走，找个人家，讨些饭菜充饥。"

两人沿着山路一阵急走，刚到半山腰，忽听有响箭声。陈弼教很是惊异，竖起耳朵细听，远处传来嗒嗒的马蹄声。

他抬头远眺，见有两个女郎，骑着骏马，朝着这边飞驰而来。她们用红巾裹额，发髻上插着雉尾，身穿小袖紫衣，腰扎绿锦带。其中一个手持弹弓，另外一个胳膊上裹着架鹰的皮套。

陈弼教和童仆饿得正紧，无暇顾及这些，只顾赶路。

翻过一个山头，又见有几十个人骑着马，在树丛里打猎。骑马者全是美丽女子，穿着打扮与之前的两个女郎一模一样。

陈弼教担心冲撞，不敢再走，和童仆站在原地。见有个马夫模样的男子跑过来，陈弼教便向他打听那些女子在做什么。

马夫说："这是西湖主在首山打猎，你们是谁？"

陈弼教向那马夫讲了自己的遭遇，顺便又向马夫讨些干粮。

马夫解开包裹，拿出干粮给他。又嘱咐说："你俩拿上这些赶紧走吧，要是冲撞了西湖主，是要被处死的。"

陈弼教和童仆接过干粮，道谢后急忙下山。

两人走走停停，途经一片树林。这里茂密幽静，不像是野树林，反像是有人刻意修剪过的。放眼望去，前方隐约有亭台楼阁，仔细看，楼阁被粉白的围墙环绕，墙外还有一道溪水。他以为是寺庙，打算到里面借宿歇脚。

楼阁外的红漆大门半敞着，门内有一座石桥。陈弼教扒着门往里看，院内楼阁巍峨，高耸入云，气势堪比皇家花园。他觉得寺庙不会如此奢华，这应该是豪门大户的后花园。

犹豫片刻，陈弼教还是忍不住走了进去。

院子里古藤蔓墙，花香扑鼻。曲曲折折地走了一段路，两人来到另一个院子里。院内有几十株高大的垂柳，长长的树枝轻拂着红色屋檐，偶尔一声鸟叫，惊起片片花絮，落满庭院；微风一吹，榆钱缓缓飘落。身处其中，恍若仙境一般。

穿过一座小亭，一架秋千高耸入云，在风中轻轻晃动。

陈弼教心里犯嘀咕，这里不是寺院，极有可能是世族大户的女眷闺房，贸然闯入，恐犯禁忌。只好傻傻地站在原地，不知何去何从。

这时，一阵清脆的马蹄声从门外传来，间或伴有女子的笑声。陈弼教和童仆慌忙藏在花丛里。笑声渐近，他们屏住呼吸，担心被人发现。

一个女子说："今天的猎物太少了，运气不好。"

另一个女子说："若非公主射落几只飞雁，大家都要空手而归了。"

透过花丛，陈弼教看见几个红衣女子簇拥着一个戎装少女到亭子里坐下。少女有十四五岁，鬓发如云，腰肢如柳，千娇百媚，明艳动人，陈弼教看了不觉心动。

她身边的那些女子，有的捧茶，有的熏香，一阵忙碌。可是少女却站起来，缓缓下了台阶。

"公主鞍马劳顿，还要打秋千吗？"近旁一个女子问。

少女笑着说："玩一会儿也不打紧。"

几个侍女赶紧过来把公主扶上了秋千。公主伸出手臂，脚下用力一蹬，身体像一只轻盈的燕子在云霄里飞舞。

嬉闹了好一阵，她们才进了院子。

听着笑声远了，躲在花丛里偷看的陈弼教才出来，站在秋千下，想着公主的容貌，遐想联翩。

忽然，他看见篱笆下有一条红色的丝巾，欢喜地捡起，闻着上面的香味，想入非非。他见小亭子的案上摆着文房四宝，一时兴起，拿起笔墨，在丝巾上题了首诗：

雅戏何人拟半仙？分明琼女散金莲。

广寒队里应相妒，莫信凌波上九天。

写完后，吟咏了一遍，陈弼教颇为自得。

本想顺原路往回走，可是来时的门却一重重地都上了锁，陈弼教无奈，只好回来把刚才看见的亭台楼阁细细地游览了一遍。

这时，一个女子走进来，看见陈弼教，惊问："你怎么能到这里来？"

陈弼教慌忙作揖解释："我迷路到此，希望姑娘能帮我！"

那女子问："你是否捡到一条红巾？"

陈弼教拿出红巾说："是这一条吗？不巧被我弄脏了。"

女子看见红巾上的诗，大惊失色说："要死了！这是公主日用的东西，被你涂成这样子，让我如何交代？"

陈弼教看她这样惶恐，知道自己惹了大祸，赶紧哀求女子为自己求情。

女子说："你偷看公主，已是罪不容诛，刚才念你是个读书人，本想护你周全，可你自作孽，我有什么办法？"说完，拿着红巾慌慌张张地走了。

陈弼教顿觉惶惶不安，如此高墙深院，插翅难飞，只有等死了。

过了好一会儿，那女子又回来，兴奋地说："你运气好，公主看了红巾，居然没有生气。"

陈弼教赶紧问："那我是不是可以走了。"

"现在还不行。"女子说，"你安心待着，千万不要爬树跳墙，要是被发现，绝不会轻饶。"

陈弼教只好待在原地，天色渐晚，饥饿难耐，吉凶未卜，心中惆怅万千。

不久，先前那个女子挑灯过来，后面还跟着一个丫鬟，手里提着食盒。

"先生一定饿了，还是先进餐吧。"女子说。

陈弼教哪顾得上吃饭，焦急地问："到底怎么样？公主答应放我了吗？"

女子说："刚才我找机会跟公主说了，公主担心你大半夜无处可去，就先差我送些饭菜过来。"

"那到底要我等到何时？"陈弼教有些急躁。

女子说："公主既然给你饭菜吃，肯定不会太为难你。"

她虽这样说，可陈弼教还是在院子里徘徊了一整夜。直到第二天上午，那女子又来送饭，他再次求情。

女子微笑着说："公主虽没说杀你，但也没有说要放你。"

直等到太阳快落山时，女子气喘吁吁地跑过来说："坏事了，不知哪个多嘴的把你的事泄露给了王妃。王妃看了红巾，扔在地上，大骂狂妄，恐怕你要大祸临头了！"

陈弼教听了，内心绝望无比。忽听外面人声喧哗，女子赶紧躲开，只见几个手拿绳索的人，气势汹汹地闯了进来。

不过，一个丫鬟挡住那些人，走过来端详了半天，激动地说："我以为是谁呢，竟然是陈郎。"

她对那些人说："你们先不要动手，等我去禀告王妃。"说完便匆匆离去了。

等了一盏茶工夫，丫鬟回来对陈弼教说："王妃有请。"

陈弼教战战兢兢地跟着她，绕过几十重门户，来到一座宫殿前。

殿前的门上挂着碧色帘子、白银帘钩，颇为富贵。一个美丽的女子掀开门帘高呼道："陈郎到了。"

陈弼教心一横，走了进去，抬头看见正上方坐着一位雍容华贵的美妇人。他急忙跪倒在地，解释说："小生遭遇暴风，死里逃生，在山间迷路，无意中闯进贵府，冒犯了公主，请王妃饶命！"

没想到王妃竟然亲自走过来，扶他起身，温和地说："如果不是先生，哪里有我的今天。之前是丫鬟们无知，冒犯了贵客，真是罪不可恕。"随即就让人摆宴款待陈弼教。

陈弼教晕晕乎乎的，不知道发生了什么事。

王妃说："先生的救命之恩，我常恨无以为报。如今小女承蒙先生题巾示爱，缘分如天定一般，如先生不弃，今晚就让小女侍奉你吧。"

陈弼教大感意外，一时语塞。

夜幕降临，丫鬟进来禀报："公主已经梳洗完毕了，有请新郎官拜堂成亲。"也不等陈弼教说什么，丫鬟们便拽着他去了新房。

院子里笙管齐鸣，锣鼓喧天，洁净的台阶上铺着厚厚的花毡，屋里屋外，到处都挂着大红灯笼。

陈弼教被几十个娇媚女子簇拥着，半推半就地与公主完成了拜堂的仪式。随后，就和公主搀扶着进了洞房。

千般的恩爱也未能解开疑惑。陈弼教终于还是忍不住问公主："我是一个异乡游客，与公主家素无往来，还无意冒犯了公主和王妃，不但没有获罪，反而还娶了公主，这难道是一场梦吗？"

公主解释道："这不能怪郎君。我母亲本是洞庭湖君的王妃，是扬子江王的女儿。去年回娘家时，在湖上被流箭射中，承蒙郎君相救，又赐了刀伤药。如此大恩大德，我们全家人时刻铭记不敢忘。"

听她这么一说，陈弼教想起了去年在湖上救猪婆龙的事，莫非王妃和眼前千娇百媚的公主都是妖类不成？他这么想着，脸上露出了惊恐之状。

"郎君千万不要害怕，我们不是妖物，早已修成仙了。"公主说。

陈弼教恍然大喜，原来当初救下的，竟然是个神仙，于是又问："那个丫鬟怎么认得我？"

公主说："郎君可还记得，那天曾有条小鱼衔着龙尾，小鱼就是丫鬟。"

陈弼教想了想说："不对，我在你的红巾上写字时，你并不认得我是谁，为何不杀我，又迟迟不肯放我走呢？"

公主含笑说："我实是爱慕你的才华，又不能自己做主。辗转一夜，别人如何知道啊。"

"那个送饭的丫头是谁？"

"她是阿念，我的心腹丫头。"

"她是个好人，我一定要报答她。"

公主笑着说："她侍候你的日子还长着呢，慢慢报答也不迟。"

陈弼教又问："那大王此时在何处？"

公主知无不言："大王跟着关公去讨伐蚩尤尚未回来。"

如此这般过了一段快活日子，陈弼教担心家里挂念，便写了封平安信，派童仆送了回去。童仆返回来告诉他，家里的娘子听说他在洞庭湖翻了船，已戴了一年多的孝。陈弼教非常感动，打定主意，要回家一趟。

归家那天，他身着华服，骑着骏马，携带珠宝无数。到家以后，就成为一方巨富，每日花天酒地，穷奢极欲，设宴款待客人。在以后的七八年间，他生了五个儿子。有客人向他问起经历，他就详尽叙述，毫无隐瞒。

陈弼教有个发小叫梁子俊，在南方做官十几年。有一次，回家时经过洞庭湖，见湖上有一艘华美游船，雕栏红窗，笙歌悠扬，在烟波中缓缓地漂荡。船上不时有美人凭窗眺望。

梁子俊向船里观望，见一个年轻的男子躺卧在船舱里，旁边有个年方二八的美丽女子正给他按摩。

梁子俊以为此人一定是本地的达官显贵，可仔细打量后发现，竟然是自己的发小陈弼教，于是赶紧高声叫他。

陈弼教听到喊声，命人停船，邀请梁子俊到船上一叙。

船内的桌上满是残羹冷炙，酒香浓烈。

陈弼教命人将残席撤去。不一会儿，就有三五个美丽的丫鬟捧上酒，泡上茶，摆了一桌子的珍肴异馔、山珍海味。

梁子俊惊讶地说："十年不见，想不到你竟然如此富贵。"

陈弼教笑说："穷酸书生也有发迹之时啊。"

梁子俊问："刚才与你喝酒的是谁？"

陈弼教回答："是我的妻子。"

梁子俊更感惊诧，好奇地问："你们全家要去哪里？"

"准备去西边。"

梁子俊还要再问，陈弼教已命人奏乐劝酒，似乎是不愿再说下去。

酒过三巡，梁子俊身处诸多美人之中，早已迷醉，趁着酒意说："能让我借此销魂吗？"

陈弼教笑着说："你喝醉了。不过我送你一件宝物，可以让你买一个美妾。"他命丫鬟送上明珠一颗，又说："这颗珠子，能买到世间任何你喜欢的美女。我送给你，是为表明我并非对朋友吝啬之人。"

梁子俊接过明珠，还未来得及细看，就听陈弼教说："我还有要紧之事，咱们改日再聚吧。"说罢就让人把梁子俊送回了自己的船上。

梁子俊目睹陈弼教的船，在金灿灿的落日余晖中，渐渐远去。

梁子俊回来后，就到陈家去打听情况，却发现陈弼教正在家中和客人喝酒作乐，就惊疑地问道："你昨天还在洞庭湖，怎么这么快就回来了？"

陈弼教说："我已多日未出家门，怎会到洞庭湖？"客人们也纷纷为陈弼教的话做证。

于是，梁子俊就讲述了当时的情景。

陈弼教笑着对他说："你肯定是醉了。"

梁子俊本想把明珠拿出来，可想了又想，还是没有这么做。

陈弼教活到八十一岁，寿终正寝。出殡那天，抬棺人惊讶于棺材如此之轻，打开一看，竟是一具空棺。

公孙九娘

顺治十八年，山东栖霞有个叫于七的人参加起义反清。起义失败后，于七被杀。受到牵连的多是栖霞、莱阳人氏。有一次，官府抓到几百人，一起押到济南南门外的演武场砍头示众。直砍得血流成河、尸骨遍地。当地的官员于心不忍，捐钱购置棺木，葬下这些义士。一夕之间，整个济南城的棺材都被买空了。这些枉死的人，大多被埋葬在济南的南郊。

康熙十三年，有一个莱阳书生来济南办事，租住在一座寺庙里。因为他有几个亲友在顺治十八年亡故于此，所以来的第一天，他就买了香烛黄纸，去南郊祭奠了一下。

第二天，莱阳生进城办事去了。天色擦黑时，只见一个年轻人进了寺院，径直走进了莱阳生的房间。莱阳生还没回来，他便摘下帽子，也不脱鞋，就那么躺在莱阳生的床上休息。

莱阳生的仆人看到年轻人，便问他："你是谁？为何睡在这里？"

那人瞥了一眼仆人，不理他，自顾自地睡觉。

过了一会儿，莱阳生回来了。因为天已经彻底黑了，他也看不清床上躺的是谁，就问："请问兄弟台甫？为何在此？"

那人翻了个身，眼睛一瞪，说："我等你的主人呢，你絮絮叨叨问个没完，难道把我当强盗了不成？"

莱阳生笑道："我就是主人。"

床上的人连忙起身，戴上帽子，理了理衣服，拱手施礼，说："吃饭了没？"

莱阳生觉得莫名其妙，可听着对方的声音又有些耳熟。他凑近一看，原来竟是和他同县的朱生。可他明明记得，朱生多年前在于七之难中被杀了啊！

莱阳生吓得跳起来，刚要逃，却被朱生一把拽住。

朱生道："你我都是读书人，何至于此？我虽然已经是鬼，但还念着故人的友情，无法忘怀。今日有事叨扰，只希望你不要因为我是鬼而鄙薄猜疑。"

莱阳生想了想，觉得朱生说得也有道理，于是坐下来，问朱生："你找我有什么事？"

朱生解释道："你的外甥女还没结婚，我想娶她。我好几次请人说媒，她都以没有家长做主为由推辞了。正好你来济南，希望你能帮我这个忙。"

莱阳生确实有个外甥女，已经去世多年。这位外甥女的母亲去世得早，由莱阳生抚养长大。十五六岁的时候，她才回到自己家，和父亲生活。于七之难中，她的父亲也被杀害。之后她流落济南，不久便悲恸而亡。

莱阳生问道："既然你们鬼自己可以提亲，为什么不去找她父亲呢？"

朱生说："她父亲的坟已经被迁走了，不在济南。"

"那我外甥女呢？"

"没人管，跟一个老太太住在一起。"

莱阳生也心疼这个命苦的外甥女。但他仍有些疑虑，不知道活人能不能给鬼做媒。

朱生再次请求道："如若你愿意帮忙，还请跟我出去一趟。"说完拉起莱阳生就往外走。

莱阳生一边推辞一边问他："到底去哪儿啊？"

朱生头也不回："你跟我去了就知道了。"

莱阳生被朱生拉着，出了寺庙，朝北走了一里地，来到一个村庄。村里有百十户人家。两人来到村北的一处屋子，朱生敲了敲门。

片刻，大门打开，一位老太太走了出来，看看两人，问朱生道："你怎么又来了？"

朱生说："请告诉你家小姐，是她舅舅来了。"

老太太将信将疑地看了一眼莱阳生，带上门进去了。不一会儿，老太太打开门，对莱阳生说："先生请进。"朱生也想跟进去，却被老太太伸手拦住。

朱生问："为何不让我进？"

老太太说："家中简陋，有劳公子在此等候。"

朱生只好坐在门前的石阶上等候。

莱阳生跟着老太太进门，只见半亩大小的院子里一片荒芜，许多地方的杂草都长到了两尺高。

院子里有两间小屋。莱阳生的外甥女正站在左侧的小屋门口。一看到莱阳生进来，她便啜泣着迎了上来。莱阳生看到她的模样还如生前一般，又想起她年幼时的种种情形，也忍不住流下眼泪。老太太劝了两人几句，他们才擦干眼泪，进了屋子。

屋里虽然简陋，但还算得上干净。外甥女问莱阳生亲人们的近况，莱阳生告诉她："家人都好，只是你舅妈已经去世了。"

外甥女忍不住又呜咽起来，说道："我从小受舅舅、舅妈的抚育之恩，还没来得及报答，便葬身沟渠，实在怅恨。"

莱阳生说："你和你爹爹的事，老家的亲人们也难过了多年。你舅妈去世前还在念叨你。"

外甥女说："去年伯伯家的大哥把我父亲迁走，却把我丢在一边。我独自在荒山中飘荡，就像秋燕一样孤苦伶仃。还好舅舅记得我，不因我是亡魂就抛弃不管。你烧的金帛我已收到了。"

莱阳生又问她："朱生让我来给他说亲，不知道你怎么想？"

外甥女听莱阳生提起朱生，低下头不说话了。老太太便解释道："那个朱生品性倒也还不错。他托杨姥姥来过好几次。我觉得这是大好的事情，可小姐总觉得，没有父母之命，不可草率行事。现在有您做主，我看这件事就可以定下来了。"

正说话间，一个十七八岁的女郎推门而入，身后还跟着一个丫鬟。女郎进门看见莱阳生，愣了一下，转身就想离开。

外甥女起身拉住她，说："不必如此，这是我舅舅，不是外人。"

莱阳生也起身向女郎拱手施礼。女郎还了礼。外甥女介绍说："这是九娘，栖霞县公孙家的女儿。祖上原本也是大户人家，只是如今没落了。我俩平日里经常来往。"

莱阳生看向公孙九娘，发现她眉如新月，面若朝霞，是个天仙似的美人。莱阳生情不自禁地赞叹道："果然是大家闺秀。"

外甥女笑说："她还是个女学士呢！诗词写得特别好。昨日里她还指点我读书呢。"

公孙九娘埋怨她说："你个小丫头，无端端地说那些做什么，让舅舅笑话。"

外甥女看出莱阳生对九娘有好感，就对他说："舅妈去世后舅舅还未续弦吧？我们九娘这么漂亮的小娘子，舅舅可还满意？"

公孙九娘被说得脸红，嗔道："小丫头发什么疯！"说罢便跑了出去。

莱阳生满眼都是九娘的倩影，人都跑出去了，竟还看着门口。外甥女会意，便对他说："九娘才貌无双。若是舅舅真心喜欢她，也不害怕她是入土之人，我便去向她家人求亲。"

莱阳生听外甥女这么说，毕竟阴阳相隔，心中有些疑虑，一时也不知道如何作答。

外甥女凝望着他，说："你和她前世有缘。"

听到这句话，莱阳生才迟疑地点了点头。

时间也不早了，外甥女便送莱阳生出了门，叮嘱他："五天之后，月明人静之时，舅舅请在住处等候，我派人去接你。"

莱阳生记下，就出了院门。天上挂着半轮明月，昏黄的月光下，依稀还能辨认出进村的路。

朱生仍在石阶上坐着，看莱阳生出来，连忙起身行礼道谢，做了个"请"的手势。

莱阳生问他："还有地方要去吗？"

朱生答："请去我家稍坐。"

莱阳生答应下来，跟着朱生来到村子南边的一座宅院。进门后，朱生先让他坐下，然后走到他面前，认认真真地施了一礼。又拿出一只金酒杯，一盒山西产的珠玉，说："我也没有什么好东西，姑且用这些作为聘礼吧。"莱阳生刚想客气几句，朱生又唉声叹气地说："唉，本来家中倒是也有些浊酒，只不过都是阴间的东西，不能用来款待你，实在不好意思。"

莱阳生说："我知道你的心思，不必介怀。"

说罢，二人道别，朱生送他出村。莱阳生反复劝说，他才离去。

莱阳生独自回到庙里时已是深夜，仆人和庙里的僧人居然都没睡，看他回来才放下心，纷纷问他究竟怎么回事。莱阳生只说他认错了人。

五日之后的夜里，莱阳生换上了新衣服，静静地待在庙里等候。待到子时，竟然是朱生前来。朱生也换了一套新衣服，摇着折扇，一副春风得意的模样。才刚走进院子，他远远地看见莱阳生，就拜了下去："恭喜贺喜！"

走到跟前，朱生继续说："你的婚礼已经准备妥当了，就在今晚办。新郎官，恭喜恭喜啊。"

莱阳生好奇地问他："一直等不到你们的回音，我不知道事情如何，连聘礼都还没准备呢。怎么如此仓促就要举办婚礼？"

朱生笑道："聘礼我已经帮你送过啦。"

莱阳生心中一阵感动，连连道谢。朱生却说："不必客气，你也帮了我大忙。而且亡故之人的聘礼，你也不晓得如何准备。咱们这便出发吧？"

莱阳生答应着，跟朱生离开了寺庙。不多时，又来到上次来过的村庄。

走到朱生家门口，外甥女已出来迎接莱阳生。她也换了新衣裳，打扮得明丽动人。莱阳生心下了然，笑着问外甥女："你什么时候过门的？"

朱生接过话道："过门三天了。"

莱阳生拿出上次朱生送给他的珠玉，递给外甥女说："也不知道你们过日子需要些什么。这些珠玉是上次朱生给我的，想必你也可以用。拿去添置几件衣裳吧。"

外甥女连忙拒绝，朱生也坚持不收。

莱阳生又说："子女大喜的事情，长辈却没有帮衬，这成何体统？这点心意你们都不收，我这个做舅舅的，以后都没面目去见你父母亲啊。"

外甥女还想拒绝，却一时也不知如何回答。朱生郑重地拜了一拜，道："那就收下吧。今天可是你舅舅大喜的日子。"

外甥女这才收下珠玉，说起莱阳生的婚事来："我把舅舅的心意告诉了公孙老夫人。老夫人也很欢喜，只是说她年事已高，又没有别的儿女，所以不希望九娘远嫁。她希望舅舅能入赘到她家。舅舅愿意的话，这就让朱郎带你去吧！"

莱阳生心里欢喜，一口答应下来。朱生便带他往公孙家行去。

走到村子尽头，一座宅院出现在眼前。宅子的大门敞开着，朱生带他走了进去。片刻，便有一个下人禀报道："老夫人到！"

只见两个丫鬟扶着一位老太太从内堂出来。莱阳生正欲施礼，老太太说："我上了年纪了，行动不便。这些规矩就都免了吧。"

说罢，老太太对丫鬟嘱咐了几句，又请莱阳生和朱生上座。才聊了几句，下人们来来往往，已经挂起红绸，备好酒席。酒席摆在了院子里，菜品和人间并无二致。有宾客陆陆续续到来，不久便坐得满满当当，竟都是祖籍莱阳、栖霞的亡故之人。

朱生招呼丫鬟，给莱阳生另备了一份酒菜。莱阳生想起前几日朱生在他家说的话，知道活人和亡魂吃的东西不一样，也没有在意。

宾客们陆续来向公孙老夫人和莱阳生道贺，却并不敬酒。席间的众人也都是自斟自饮，没有人劝酒、斗酒。一直宴饮到五更时分，宾客们才渐渐散去。朱生也告辞回家。

两个丫鬟把莱阳生带到洞房外便离去了。莱阳生理了理衣服，推门进去。公孙九娘身着凤冠霞帔，盖着红盖头，坐在床边。

听到开门、关门的响声，九娘紧张地攥紧衣袖。莱阳生看在眼里，走到跟前，轻轻唤道："九娘。"

九娘低低地应了一声。

莱阳生从桌上取过喜秤，掀起盖头。九娘先是低着蛾眉，不好意思抬头，又朝一旁瞥了一眼，才抬眼看向莱阳生。一瞥一望间，满眼的柔情蜜意。莱阳生情不自禁，将爱人揽进了怀中。

云消雨歇后，一对爱人拥在一起闲聊。莱阳生问起九娘的身世，才知她们母女也是苦命人。

当年于七之难，公孙母女受到牵连，要被押解到京城问罪。不想行经济南府时，公孙老夫人因年老体衰，不堪路途劳顿而亡。九娘性情刚烈，自刎而死。母女两人去世后，尸身被丢到城郊，做了孤魂野鬼。

九娘讲着生前的事，不觉哽咽起来。于是口占了两首七言绝句，诉说心意。

诗云:

> 昔日罗裳化作尘，空将业果恨前身。
> 十年露冷枫林月，此夜初逢画阁春。

又云:

> 白杨风雨绕孤坟，谁想阳台更作云?
> 忽启缕金箱里看，血腥犹染旧罗裙。

莱阳生品味诗句，越品越觉得情真意切，诗心天然。怜爱之外，又对九娘多了几分钦佩。

不知不觉，窗外传来鸡鸣声。九娘催促莱阳生:"你该走了，不要惊动仆人。"

莱阳生便穿衣起身，离开了公孙家。天亮时，他已走到村外，忍不住回头望去，已看不到什么村庄了。

莱阳生虽觉奇怪，但想到那是亡人居住的地方，便也不再多想。夜里再来时，果然村庄又出现了。

此后，莱阳生每天夜里都住在公孙家，与九娘鸾凤和鸣，如胶似漆。

一天夜里，莱阳生好奇地问九娘:"这个村庄叫什么名字?"

九娘回答他:"叫莱霞里。村里住的都是于七之难时客死他乡的鬼。因为大家的祖籍都是莱阳、栖霞两县，所以叫这个名字。"

莱阳生唏嘘不已，安慰她说:"你们虽是亡魂，但在莱霞里也能像普通百姓一样过日子。说不定是因老天爷慈悲，才让莱霞里变成了世外桃源。"

九娘黯然道："这里不是什么世外桃源。"

一人一鬼沉默片刻，九娘面露犹豫之色，再次开口："我们都是离家千里的一缕幽魂，像蓬草一样随风飘荡。我们母女无处归依，迟早会消亡的。相公……"

看九娘犹豫，莱阳生说："无论什么事，你说。"

九娘道："相公，请念及你我的夫妻情义，帮我和母亲收殓尸骨。只有将尸骨运回祖坟安葬，我们才能有一个百世的归宿。"

莱阳生点头道："我答应你，明日我就去。"

九娘双眼含泪，跪下道："相公的恩情，妾身永世不忘。"

莱阳生连忙将爱人扶了起来。

九娘又说："相公，人鬼殊途。此地虽然幸福，你却也不能久留。"说着，她将一双罗袜递给莱阳生："以后你要是想我了，就看看它。我也会一直记着相公的。"

莱阳生郑重答应，起身出了门。

村子里非常安静，街上一个人都没有。莱阳生走在路上，初时还在想收殓尸骨的事，忽而又想到要和九娘分开，心中一阵惆怅。悲伤中他信步而行，竟走到了朱生家。

莱阳生敲了敲门。片刻后，朱生和外甥女开门出来。朱生光着脚，外甥女云鬓鬌松，显然都是刚被他的敲门声唤醒。朱生奇怪地问："发生什么事了？"

莱阳生犹豫了一下，还是把九娘的话告诉了他们。外甥女说："即使舅妈不说，我也早就在考虑了。此地不是人间，舅舅确实不能再住下去了。"

朱生也叹了口气，说："起初只是想找你帮忙，没想到成就了一桩人鬼姻缘。看你和九娘相敬如宾，我也不忍心告诉你。生人在此住得太久，会缩减寿数。算算日子，你确实该走了。"

莱阳生点点头，说："往后你们在此好好过日子。我以后经过济南，再来看你们。"

朱生和外甥女泪水涟涟，向莱阳生挥手告别。莱阳生一步三回头，禁不住涕泪横流。

莱阳生回到寺里，辗转反侧，怎么也睡不着。

天刚蒙蒙亮，他就起床叫上仆人，往南郊行去。一路无话，待走到莱霞里，却哪有什么村庄？眼前所见，是重重叠叠、成千上万座坟墓。

他一座坟一座坟地走过去，走到晌午方才走完，却没有找到九娘的墓。原来大部分坟根本没有墓碑，仅存的数十座墓碑也歪歪斜斜，损毁严重。当年于七之难中有许多客死他乡的人，根本无人知道他们的姓名。

莱阳生心中难过，从怀中取出九娘所赠的罗袜。睹物思人，不免悲从中来。就在此时，一阵风吹过，罗袜突然变成碎片，刹那间又变成飞灰，被风吹散在望不到边的坟地里。

莱阳生想去抓那些灰，却什么也抓不到。转瞬之间风停了，飞灰和泥土融为一体，彻底消失。

他无力地跪倒在地，痛哭失声。

此后，莱阳生遍访济南，寻找当年经历过于七之难的人。但那些捐钱的官员、殓尸的工人、棺材铺子里的人，甚至衙门里的捕役，没有任何一个人记得九娘母女。

他每天夜里都去坟地，却再也没找到过去莱霞里的路。仿佛那个村子只是他的一个梦。

就这样找了半年，始终没有线索。莱阳生却因日夜劳碌，而变得形销骨立。仆人实在担心他，劝也不听，便把他的状况写信告诉了他的家人。又过了一段时间，家人赶到济南，才把他接回家中。

后来莱阳生身体康复，仍然忘不了九娘。他背着家人，又来济南寻了几次。南郊的坟地在几年的时间里，渐渐被茫茫荒草埋没，仅在晚上能看到点点鬼火。

最后一次来济南时，已经是五年后。莱阳生在寺外远远地看到一个女人，似乎是公孙九娘。他心慌意乱地追上去，追到山脚下时，那女人回过头来，居然真的是她。

可九娘神情呆滞，面若寒冰，似乎根本不认识莱阳生。一阵风吹过，公孙九娘像一只风筝一般，被风吹着飘了起来。

莱阳生想起当年的罗袜变成飞灰，伸手拼命想抓住九娘，口中声嘶力竭地哭喊着。

九娘却如飞灰一般，飘在空中，渐渐变得透明，最终消失了。

宦娘

　　鹅毛大雪纷纷扬扬地落了下来。

　　温如春下马，把包袱背在身上，开始徒步赶路。他的包袱窄而长，从肩膀斜伸出一截来，看起来像背着一块牌匾。

　　他从肤施来，从府州进山西，去忻州访友。此处多山路，加上下大雪，他怕伤了马。

　　再往前走，雪更大了。雪在地上积了起来，一人一马踩在上面，嘎吱嘎吱地响。雪下得这么大，不能再赶路了。温如春远远地看见前面的山头上有一座庙，决定去那儿避一会儿风雪。

　　走了半刻，温如春来到了庙门前。庙门上的匾额斜挂着，仿佛轻轻一碰就会掉下来。匾额上的字倒是还能辨认。温如春认出来，那是古篆所书的三个字：高山寺。寺门前的一切都很破败，似乎这座高山寺已经荒废很久了。这么大的一场雪，竟连寺门前的荒草都没有盖住。

　　温如春把马拴在一棵树上，上前敲了敲门，静静地等候了一会儿。就在他以为寺里无人时，门突然开了。

　　开门的居然是一个道士。温如春施礼道："道长慈悲。"

　　那道士穿着粗布道袍，手拿一根竹制手杖。他神色冷淡地点了点头，也不回话，转身进了寺中。

温如春跟上解释："小生途经宝刹，偶遇风雪，想借贵地躲避……"

道长头也不回地打断他："我也是路过的，你自便。"

温如春愣了一下，但想到出家人修行有成，自然会不拘俗礼，也就释怀了。他把马牵进了寺里。西侧厢房的门窗都已经毁坏了，但屋顶还算完整，正好可以躲雪。温如春拴好马出来，看到那位道长正坐在正堂的地上，面对着天井静坐。

此时天井里的雪已经盖住了荒草，只有刚才温如春进来时的脚印还留有一些痕迹。温如春取出干粮，也走到正堂里，他想邀道长一起吃些东西。风雪交加，萍水相逢，一起聊聊打发时间也不错。

一进正堂，温如春就闻到一股淡淡的香味。道长正在打坐。他的面前放着一个小泥炉，炉子里有炭火，炭火上坐着一个铁壶，香味似乎就是从壶里飘出来的。

温如春也坐在了地上。他看道长在修行，便放弃了打扰的心思，欣赏着雪景，吃起东西来。

过了一会儿，温如春听见身边有动静。转过身来，看见道长正拎着铁壶，把茶倒进两个粗瓷碗里。

温如春道："道长用些斋？"

说这句话的时候，温如春看到道长身旁放着一个长布袋。袋子里露出一截黑木头，形状如船。温如春知道那不是船，因为他从小就和这种物什打交道。那里面的东西和他包袱里的一样，是一张琴。

道长并没有理他，喝了一口茶。

温如春又问："道长也喜欢弹琴吗？"

道长终于说话："喜欢，但我弹得不太好，一直想找个弹得好的人学一学。"

说着，道长拿过他的琴，褪下布袋，捧给温如春说："你也会弹琴？"

岂止是会。温如春想着，他师从名师，五岁就开始学琴。加之天资聪颖，十五岁艺成之后，便在陕西一夜成名。

那张琴造型古朴，琴身是梧桐木的，上面布满了细细的裂纹。琴家管这种裂纹叫断纹，是古琴的标志。温如春是个大行家，一眼便看出这琴的断纹是蛇腹断杂以牛毛断。这张琴至少是唐朝的遗物了。

温如春欣赏着琴，不禁发出赞叹："好琴！"

道长说："弹弹吧。"

温如春轻轻拨了一下琴弦，琴声清越，如鸟鸣涧。

他本来还想再谦让一下，可听到这一声琴音，便克制不住，立刻抬手压弦，弹起了琴。温如春弹的是《短清》，相传此曲为蔡邕所作，虽然不长，但技法繁复，是温如春最喜欢拿来展现自己琴技的曲子。

过了一会儿，温如春弹奏完了。他沉浸在美妙的琴声中，回味了许久，才睁开眼。

道长仍然坐在那儿喝茶，看温如春睁眼了，他礼貌地笑了笑，什么都没说。

温如春觉得道长似乎没有听出他的琴技。于是他略一思索，换了一支曲子，演奏起来。

这次他弹的是《箕山操》。温如春穷尽毕生所学，展现着自己的琴技。

待曲子奏完，温如春没有再回味，直接看向了道长。道长的神情仍然没有变化。

温如春忍不住问道："道长觉得我的琴技如何？"

道长说："弹得还可以，但并不足以当贫道的老师。"

温如春心中不服，请教道长："敢问道长高见？"

道长反问他："《箕山操》还有一个名字，你应该知道吧？"

这个问题随便哪个秀才都知道，温如春觉得这个道士简直是在侮辱他。于是好胜之心更炽，他挑衅地说："《遁世操》，讲的是许由不肯接受尧的禅让，跑到箕山隐居的事。道长应该也知道吧？"

道长并不气恼，似乎没听出来温如春的挑衅。他点点头，递给温如春一碗茶，然后说："你的琴意里，可全都是出世之意。"

温如春顿时惭愧得脸红起来。

道长又接了一句："还有点儿急躁。"

温如春恭敬地说："请仙长指点。"

道长的茶碗还停在空中。温如春双手接过，喝了一口，却发现碗里的竟只是热水，而不是茶。那么香味从何而来？

此时，道长已经接过了琴。随手一拨琴弦，温如春就觉得有清风吹来。明明是隆冬，这股风却如春风般和煦温暖。

道长继续弹琴，此时不知从哪儿飞来无数的鸟，绕着高山寺飞。温如春甚至看到几只绝不可能在冬天出现的鸟。不久之后，天井里的树上已经落满了鸟。还有许多鸟就落在雪地上，然后一动不动，静静地听琴。

温如春目瞪口呆。待一曲奏完，他恍然惊醒过来，揉揉眼睛，哪有什么飞鸟？天井里仍然是干干净净的白色雪地。

温如春知道自己遇到了高人，他站起来向道士深深地拜了下去，说："我真是井底之蛙，狂妄至极，居然在您的面前卖弄琴技。我此生别无他求，唯一的爱好便是弹琴。恳请仙长指导我！"

道长说："我也弹得不好，但可以稍微教教你。"

于是道长给他讲解起刚才弹的曲子。温如春认真地听着。讲完后，道长弹了一遍，又让温如春也弹一遍。弹完后，道长又指出他弹得不对的地方，让他继续重复。这样弹了三遍后，温如春终于掌握了这支曲子。他心中不禁自得，自己确实天资过人，这样神奇的曲子，他只学了三遍就掌握了。

道长也告诉他："你现在的琴技，在人间已经没有对手了。"

"在人间？"温如春嘀咕了一句，回过身来，竟发现道长和他的琴已经不见了。茶碗放在地上，泥炉的火已经快要熄灭。仔细看去，原来里面烧的不是炭，而是某种不知名的香。那神秘的香味就来源于此。

温如春知道自己遇到了神仙。他跪在地上，向道长刚才坐的地方磕了三个头，才起身去牵马离开。

大雪已变成了小雪。奇怪的是，地面上只有薄薄的一层积雪。温如春只觉奇怪，但想到他遇到道长的事，世上似乎再不会有事能让他惊奇了。

积雪少也好，正好可以赶路。温如春把琴绑在马鞍上，出了高山寺，沿着山路走了三五里路，天色便开始暗了。远远地，温如春看到前面有一座村庄。今晚就在那里过夜吧，他如此想。

日暮时分，温如春一人一马走进了村庄。走到近处他才发现，原来此处只有一户人家。三间茅草屋，建在树枝扎成的篱笆中间。温如春站在柴门外，看见院子里辟了几块菜地，因是隆冬时节，地里空空如也。

他敲了敲门，过了一会儿，一位老太太出来了。

温如春施了一礼，对老太太说："小生姓温，肤施人氏。赶路遇上风雪，想在您家里借宿一晚。"

老太太说："我这里房屋简陋，也没有多余的床铺。只有柴房空着，就怕委屈了你。"

温如春道："不会不会，出门在外，有个遮挡风雪的地方就很好了。"

老太太点点头，引着温如春进来，看着他拴好了马。就在此时，一个少女突然从中间的茅屋里走了出来。她看见温如春后愣了一下，慌忙又跑回了屋子。

那少女看起来十七八岁，明眸皓齿，美若天仙。温如春不禁看呆了。

"就是这里。"老太太说着，推开了最旁边的茅屋。

温如春意识到自己的失态，连忙道谢，走了进去。屋子里确实很简陋，堆放着许多杂物。

老太太一边把墙角的茅草铺开，一边说："家里实在没有床铺，委屈先生了。等我去给你拿蜡烛。你要吃点东西吗？"

温如春说："谢谢你。我带了干粮，喝点水就好。"

老太太点点头，出去了。

温如春心里还在想着那个姑娘。过了一会儿，老太太端着蜡烛和水壶进来，放在了地上。温如春忍不住问她："刚刚那位姑娘是？"

老太太答："那是我的侄女，名叫宦娘。"

温如春咬咬牙，突然拱手说："老妈妈，我想向您提亲。我知道这很唐突，我也知道自己寒酸。但是我真的第一眼就喜欢上了您的侄女，请答应我吧！"

老太太皱起了眉头，说："我不能答应你。"

温如春急了："我家在肤施也算得上世家大户，宦娘跟我成婚后绝对不会吃苦的。而且我也会一生一世好好对待她！请您考虑一下。"

老太太却似乎生气了，扭头就往外走，还丢下一句话："请你天亮后立刻离开。"

门咣的一声关上了。温如春不禁怅然若失。

他吹灭蜡烛，躺在草铺上，却怎么也睡不着。过了许久，他又起来点上蜡烛，捧出琴，席地而坐，弹起琴来。一曲奏完，心绪终于平静，躺下睡着了。

第二天天刚蒙蒙亮，温如春便起床了。他留下一些银子，悄悄牵上马，最后看了一眼茅草屋，离开了。

过了半个月，温如春赶到了忻州的朋友家。朋友非常惊奇，问他这一年都去了哪儿？温如春不解，明明来之前他给朋友写过信。然而朋友却说，他离开家已经一年了。他的家人曾来忻州找他，却哪儿都找不着。

宦　娘

温如春突然明白过来，自己和那位仙人学琴，竟然学了整整一年。于是他便告别朋友，赶回了家。

家人见到他，都很高兴，问他这一年去了哪里，他只说去学琴了。说着便为家人演奏了一曲。琴声响起，便有百鸟来听。这异象惊动了全城的人，都传说温如春学到了仙人的琴技。

肤施有一位致仕的部郎葛公，非常喜欢结交文人雅士。他听说了温如春弹琴时百鸟相和的逸闻，便邀请温如春来他府上弹奏。

温如春应邀前往。葛公为此邀请了众多宾客，府上的人也都围在一起，想听听传说中的琴曲。温如春开始弹琴，百鸟如约而至，更有春风在室内环绕。所有人都赞叹不已。

就在此时，风突然掀起了后堂的帘子。温如春看到一个美丽的少女，正躲在帘子后面看他。那女子和温如春双目交汇，突然害羞地跑开了。

一曲奏完，葛公设宴招待宾客。许多人都在恭维温如春，温如春却心不在焉，他的心思全在刚才那名少女身上。他向身边的人询问，得知那少女正是葛公的女儿，名叫良工。据说良工不仅生得美貌，而且诗词歌赋无一不精，是个难得的才女。

温如春心生爱慕，回家后便对父母亲说，想娶良工。家里请了媒人去上门提亲，葛公却拒绝了。原来葛公做过部郎，温家虽然家境也算殷实，但毕竟是布衣。因此葛公虽然欣赏温如春，却并不愿意把女儿嫁给他。

有了这件事，葛公后来便再也没有邀请温如春去过他家。而温如春心中沮丧，就将所有邀约一概拒绝了。

良工自那日目睹温如春弹琴后，心中也产生了爱慕之情。只是她不知道，因为温如春提亲的事，父亲再也不想让她听到温如春的琴声了。

转眼到了秋天。

这一天，良工在自家花园里散步，捡到一张旧信笺。信笺上抄有一阕《惜余春》，内容是这么写的：

因恨成痴，转思作想，日日为情颠倒。海棠带醉，杨柳伤春，同是一般怀抱。甚得新愁旧愁，划尽还生，便如青草。自别离，只在奈何天里，度将昏晓。今日个蹩损春山，望穿秋水，道弃已挤弃了！芳衾妒梦，玉漏惊魂，要睡何能睡好？漫说长宵似年，侬视一年，比更犹少：过三更已是三年，更有何人不老！

良工默默念了两遍这阕词，只觉得情真意切，甚是喜欢。她把信笺带到卧房里，又用自己的印花笺工整地抄了一遍，反复品味，还是觉得写得真好。她想认识填词的人，可问遍了府上的丫头，却没人能说得清这张信笺的来历。

第二天，不知怎的，那张印花笺竟被风吹到了花园里。葛公散步时捡到了。他一眼就认出来这是女儿用的信笺。理所当然地，葛公便以为上面的词也是女儿写的。葛公只读了一遍，便觉得词句轻浮，愤愤地撕掉了信笺。

葛公和妻子商量，恐怕女儿怀春，应当让她早些嫁人才是。

恰巧临县的刘布政使派人来提亲。葛公便提出要见见刘家的公子。隔了一天，刘公子登门拜访。葛公看他相貌堂堂，谈吐不凡，觉得非常满意。不想刘公子离开后，仆人竟在他的座位底下发现了一只绣花鞋。

葛公大怒，叫来媒人把绣花鞋的事说了，大骂刘公子轻薄，并拒绝了这门婚事。刘公子上门请罪，辩白说绣花鞋不是他的，葛公却根本不相信他。

自从葛公拒绝了温家的提亲后，温如春便不出门了，每天只是待在家里读书、弹琴。这一天，他在花园散步时，突然发现花园里有几株菊花变成了绿色的。温如春很是惊异，就约了几位朋友来家里赏花。

一个朋友说："绿菊本是葛部郎家中独有的，据说养在葛家千金闺房里，从不外传。怎么你家也有？"

温如春也不解，回答说："好像突然就变了颜色。"

另一个朋友意味深长地笑着说："难道是葛家千金送了温兄两株？"

温如春也笑："我也想认识葛姑娘呢。"

这天夜里，温如春不知怎的突然睡不着了。他想到葛良工的样子，便忍不住起身到花园里赏花，以解思念。走进花园，他突然看到地上扔着一张信笺。那是一张印花笺，一看就知道是女儿家用的东西。信笺上写着一阕词，正是良工抄的那阕《惜余春》。

温如春的名字中带有一个"春"字，这阕《惜余春》怎么看都像是写给他的。温如春很是疑惑，随手拿起笔在信笺上写了几条批注。虽然是写给他的，但他还是觉得这阕词写得过于直白、轻薄。

不知怎的，葛良工送温如春绿菊的事就在肤施当地传开了。葛公听说后，非常恼怒，便登门拜访，想要一探究竟。温如春自然悉心接待。葛公看到绿菊，发现确实和自家的一模一样。和温如春喝茶时，他又瞥见了温如春书桌上的信笺，那是女儿的印花笺。

温如春说什么葛公都没太听见，因为他看到了信笺上的"惜余春"三个字。想起那日他在自家看到女儿所作的艳词，更觉得难堪，便匆匆告辞回到了家中。

葛公把自己在温家看到的告诉了妻子。夫妇俩都觉得花是女儿送的，词也是女儿作的。葛夫人去问葛良工，良工却矢口否认。她毕竟年纪轻，听到父母这样责问，便觉得难堪，羞怒之下差点儿寻死。葛公夫妇没有办法，只好答应把女儿嫁给温如春。

葛公派人来邀请温如春去弹琴。温如春高兴地去了。这次来欣赏弹琴的人更多，温如春认真演奏着，琴声中不仅有春风百鸟，还有几株花突然绽放。听琴的人都啧啧称奇，葛公觉得温如春做女婿其实也不错。

一曲演奏完后，在宴会上，葛公便宣布答应了温家的提亲。

温如春突然了却心愿，心情大好，又接连弹奏了几首曲子。宾客们争相与他结交，互相敬酒，直到深夜，温如春才被书童送回了家。

这天晚上，书童安顿好温如春休息后，突然听到书房里传出了琴声。书童听惯了温如春弹琴，这一阵琴声听起来简直像儿童胡闹一般。他以为是哪个下人在偷偷弹着玩，便赶去书房，却发现书房里没有人。他找遍了所有能藏人的角落，也没发现什么下人。

第二天，书童把这件事告诉了温如春。温如春晚上就躲在书房外听了一会儿，发现琴声梗涩，似乎是有人在模仿自己弹琴，却不得要领。他拎着灯笼进了书房，果然如书童所说，书房里根本没人。

温如春遇到过神仙，自然知道世上有许多奇异之事。他以为是有狐仙想要学琴，便坐下弹了一遍，然后就出去了。不久之后，琴声又传了出来。温如春这次确定了，那个弹琴的"人"，果然是在学他。

之后的每天晚上，温如春都去书房里弹奏一曲，并对着虚空讲解要领。过了一段时间，书房里的琴声渐渐优美起来，已有了温如春的六七分水平。

这一年深秋，温如春和葛良工顺利地结为夫妇。才子配佳人，盛大的婚礼举办时，肤施万人空巷。更有琴声引来百鸟，仿佛也在为这对新人祝贺。

洞房花烛夜，温如春抱着美若天仙的妻子，慨叹说："我都没想到，自己还能有福气娶到你。你爹爹为何突然改了心意？"

良工说："我也不知道。本来娘都告诉我说爹爹要答应刘布政使了，后来发现那个刘公子是个浮浪子，爹爹就回绝了他。再后来娘突然说我给你写……写了……"

温如春心中一动，问："写了什么？"

良工红着脸回答："一阕艳词。"

温如春拿来那张印花笺，问她："是它吗？"

良工看了一眼，惊奇道："你怎么知道？"

温如春也奇怪："这不是你写的？"

良工正色道："相公，我岂是这等轻浮之人？这是我在花园捡来，无聊时抄下的。"

温如春连忙道歉，揣摩着说："娘子莫怪。只是你我结为夫妻，多亏了这阕词，莫非是有人故意写就，又让你我发现，好成全咱俩的好事？"

良工说："如果真是这样，那此人应该算是咱俩的大恩人了。"

两人正说着话，一阵琴声突然传了进来。

良工不解："宾客早已散尽，此时又是深夜，怎会有人弹琴？"

温如春就把狐仙向他学琴的事告诉了妻子。夫妻俩便来到书房外听琴。听了一会儿，良工把手放在门上，眼神中露出询问之意。温如春点了点头。

良工突然推开门，琴声戛然而止。两人看到琴弦还在颤动，但书房里空无一人。

良工皱眉说："这琴声虽然是学的你，但其中隐约有一丝凄楚之意，我看不像是狐仙。"

温如春问她："那是什么？"

良工说："是鬼。"

温如春一愣，问她："你怎么知道？"

良工带着温如春回到卧房里，才解释说："我小时候生过一场大病，爹爹遍寻名医都治不好。后来爹爹请了一位白云观的仙长，仙长说我家中有鬼害人。做了法事驱鬼之后，我便痊愈了。据仙长说，我天生体质特殊，容易吸引鬼怪。后来他还留给我一面古镜，说可以照出鬼来，也可以帮我免受鬼的侵害。"

说着，良工从嫁妆中翻出一面古镜来。温如春看她说得头头是道，也相信了她的话。

良工说："是不是鬼，明日用此镜一照便知。"

第二天，夫妻俩待琴声响起后，便带上古镜和灯笼，去了书房。温如春突然推开门，良工举起古镜一照，虚空中果然出现一个人影，瑟瑟发抖地躲在了墙角。这个人温如春认识，居然是宦娘。

温如春大吃一惊，看宦娘害怕的样子，连忙让良工收起古镜。他问宦娘："你怎么在这里？"

良工也好奇道："你们认识？"

温如春解释说："我跟神仙学琴那年，在山西遇到过她。"

宦娘害怕得哭了起来，流着泪说："我给你们俩做媒，你们竟然还要害我。"

温如春道："我们也不是有意要害你。只是良工说有鬼弹琴，一时好奇才出此下策。你是怎么来到这儿的……又为什么变成了鬼？是家中出了什么变故吗？"

宦娘解释道："我生前本是一个知府的女儿，死了已经一百多年了。因为坟地被毁，所以流离失所，在荒山中做了孤魂野鬼。那一年你偶然撞到姑姑，向她提亲。也是因为我们乃泉下之人，所以无法答应你。我从小就喜欢琴和筝，筝弹得还不错，但是琴技一直很普通，即使身在九泉之下也深感遗憾。你在我家借宿时，我因为你的琴声而对你心生倾慕，才跟着你来到这个地方。只是因为我是鬼，无法侍候在你身旁，所以就帮你们撮合成婚，来报答你对我的心意。刘公子座位下面的绣花鞋，还有那阕俗词《惜余春》，都是我做的。"

温如春和良工这才明白，原来两人的姻缘竟是宦娘一手促成的。夫妻俩连忙拜谢。

宦娘说："我这么帮你，是把你当作老师报答你。你教我学琴，也不吃亏。"

温如春说："那是自然，我毕生所学都不如良工珍贵。你对我们夫妻有如此大恩，自然应当全部教给你。不过这个老师我却是不敢当。教你琴技也只是报答大恩之万一而已。"

宦娘这才开心地笑了起来，又说："你的琴技我已经学会七分了。只是还没有学透，你再教教我。"

于是温如春把神仙教给他的琴技，一样一样地慢慢都教给了宦娘。宦娘很有天分，用了两个时辰就全都掌握了。

良工也喜欢弹筝，她邀请宦娘同奏，宦娘高兴地答应下来。两位美人弹筝，温如春弹琴，奏出的音乐美好而缥缈，不似人间所有。这一夜，温府所有下人以及附近的邻居，都听到了天籁一般的音乐。甚至后来有传闻说，温如春得到神仙眷顾，又来教他弹琴。

过了一段时间，宦娘彻底掌握了温如春的琴技，又教良工弹筝。待良工艺成，她写下十八章乐谱，便要告别离去。

温如春夫妇苦苦挽留，宦娘却说："你们夫妻俩是知音，感情又这么好。这里没有我的位置，我也不忍心打扰你们。如今我心愿已了，可以投胎转世了。如果有缘的话，来世再一起弹琴。"说着，她递给温如春一个卷轴："这是我的画像，送给你们。以后你们要是想念我这个媒人了，就对着画像点上香，弹奏一曲，它就代替我领受了。"

说完这句话，宦娘再不理会温如春和良工的挽留，消失不见了。

顾生是金陵人，博学多才，但家境贫寒，直到二十五岁，仍未娶妻。

母亲年老，顾生不忍离开膝下，只能每日给人写书作画，换取报酬，勉强维持生活。

他家对门有一套大宅子，原本一直空着，近日来了一个老太太和一个少女，租住在里面。顾生见她家中没有男丁，所以一直不方便询问她们的来历和身份。

一天，顾生从外面回来，见一个少女从母亲的屋子里出来，十八九岁，清秀文雅，亭亭玉立，世上罕见。

少女看见顾生，并未回避，只是表情十分严肃，凛然不可犯。

顾生进屋问母亲那是谁家女子。

母亲说："就是对门新来的姑娘，到我这里借剪刀和尺子。"

顾生装作不经意地说："哦，只知道住了人进来，还从未见过。"

母亲说："我刚问她家里还有什么人，她说也只有一个母亲同住。我看她不像是穷人家的丫头，就问她怎么还没出嫁，她说要照顾母亲，才耽搁了，依我看只是个借口。"

顾生说："非亲非故的，您就别操别人家的闲心了。"

母亲说："我是在操你的心啊。我想好了，明天去拜会她母亲，顺便帮你提个亲，倘若人家要求不高，我儿你倒是可以帮她给母亲养老送终。"

第二天，顾母去了少女家，发现她母亲竟是个聋老太太。顾母仔细打量了一下屋子，没有隔夜的粮食，看起来并不富裕。顾母询问她们靠什么为生。老太太说全靠女儿做针线活儿。

两个老太太闲聊了一会儿，顾母试探着提出两家一起过的意思，老太太似乎很愿意，转身和女儿商量，但少女沉默不语，看样子不太高兴。顾母只好回家了。

顾母跟儿子详细讲述了当时的情况后，疑惑地说："那丫头莫非是嫌咱家穷？不苟言笑的，从我进门到走，一直也没露个笑脸。她的容貌虽然艳如桃李，性格却冷若冰霜，真是个奇女子！"

娘儿俩猜测了一会儿，叹息着，也就作罢了。

这天，顾生在书房闲坐，有个少年来求画，长相很漂亮，举止却轻浮。问他从哪里来的，他说从邻村来的。

此后三两天他就来一趟，两人彼此熟悉后，就渐渐地开始互相戏弄，开起了玩笑。顾生亲昵地把他抱在怀里，他也不太拒绝，于是，两人就有了私情，从此关系更为亲密。有一次，少女从窗前经过，少年目不转睛地盯着她，问是谁家女子。顾生告诉他是邻家的姑娘。

少年说："容貌如此秀美，可神情为何如此让人望而生畏？"

不一会儿，顾生回到里屋。母亲说："刚才对门的丫头来借米，说是一天多都没有开火了。这丫头很孝顺，却穷得可怜，我们以后应多帮助她们。"

顾生依从母亲的意思，背着一斗米，敲开少女的家门，转达了母亲的心意。少女收下了米，却没有说任何感谢的话。

而少女到顾生家，每每看见顾母做针线活儿，就主动拿过去代做。屋里屋外的杂活儿，也都抢着干，就像是家里的媳妇一样。顾生也因此越发尊重她，每次从别处得来一点儿好吃的东西，必然会分给少女和她的老母亲，而少女还是从不说感激的话。

彼时，顾生母亲下身生了疮，疼痛难忍，日夜哭喊。

少女经常到病榻前来照顾她，为她清洗疮口，涂抹药剂，每天得三四次。顾母心里很是过意不去，可少女却丝毫没有嫌弃。

顾母感慨道："唉，哪里才能找到这样好的媳妇，来伺候我终老啊！"说着就悲伤地哽咽起来。

少女安慰她说："您的儿子是个大孝子，胜似我们寡母孤女百倍。"

顾母摇摇头说："像床头这些忙前忙后的事，哪里是孝子能干的呢？况且老身已是风烛残年，早晚要入土，一想起传宗接代这事，就忧心如焚！"

说话间，顾生进来了。

顾母流着眼泪对儿子说："咱们亏欠姑娘的太多了，你不要忘记报答她的恩情啊。"

顾生就伏身在地，向少女跪拜。

少女淡漠地说："你敬重我的母亲，我没有拜谢你，你又何必要谢我呢？"

顾生于是更加爱她。不过少女的言谈举止严肃而端庄，让他丝毫不敢起冒犯之心。

一天，少女出门后，顾生眼巴巴地注视着她。少女忽然回过头来，冲着顾生嫣然一笑。顾生喜出望外，连忙追上去，一直跟到她家里，先用言语和她调情，见她不反感，也不恼怒，就搂了上去。于是两人愉快地交欢一场。

事后，少女告诫顾生说："这种事情，只可一，不可再。"

顾生不置可否，就回家了。

第二天，顾生又去约少女，可是少女板着脸，正眼都没看他一下就走了。自那以后，少女还是一如既往地经常来顾生家，两人也经常见面，可少女却再没给过顾生一次好脸色。只要顾生对她稍加挑逗，她就冷言冷语相对。

有一次，少女忽然在无人之处问顾生："经常来你家的那个少年是什么人？"顾生告诉了她。少女说："他的行为举止已经多次冒犯我了，只因他跟你亲密，我才没理他。请转告他，若还是那个样子，他就是不想活了！"

晚上，顾生把少女的话转达给少年，警告他说："你一定要慎重，她可是不能冒犯的！"

少年说："既然说不可冒犯，为何你就可以冒犯她呢？"

顾生连忙辩解说没有。

少年说："如果没有，她怎么会对你说这么多亲热的话呢？"

顾生语塞。少年又说："也请你转告她，别假惺惺地装正经，不然的话，我就把她跟你的事四处去说。"

顾生非常生气，变了脸色，少年这才离去。

一天晚上，顾生正独自坐在书房里，少女又来了，笑着说："我与你的情缘未断，这一定是上天的意思！"

顾生当然明白这是什么意思，心中狂喜，就紧紧地把她搂在怀里。

突然听到噔噔的脚步声，两个人惊慌失措地站起来，却是少年推门进来了。

顾生惊问："你来干什么？"

少年笑着说："我来看看贞烈女子啊。"又冲着少女说："今晚不能怪我了吧？"

少女气得柳眉倒竖，脸颊绯红，一言不发，只是迅速地掀开上衣，露出一个皮囊，顺手抽出来一把一尺长的晶莹匕首。

少年看见了，吓得转身就跑。少女追出门外，四下望去，少年已经无影无踪。她把匕首抛向空中，只听"嗖"的一声，闪出一道耀眼的霞光，宛若彩虹。立时，有个东西坠落在地上，发出沉重的声响。

顾生急忙拿灯去照，原来是一只白狐狸，已经身首异处了。

顾生大惊失色。少女说："这就是那个与你相好的美少年了。我本想饶恕他，可他自己找死，我也没有办法！"说着就把匕首收回了皮囊。

顾生拉着少女要进屋，少女却说："刚才被妖精败了兴致，等明天晚上我再来吧。"说完，出门就走了。

第二天晚上，少女果然来了，两人亲热了一场。顾生问少女斩狐的剑术。少女说："这不是你该知道的。你应谨言慎行，保守秘密，一旦泄露出去，恐怕对你不利。"

顾生又提出想娶她的愿望。

少女说："和你同床共枕，给你料理家务，不是妻子，又是什么呢？既然已是夫妻，何必还要谈嫁娶呢？"

顾生问："莫非你是嫌我家穷吗？"

少女说："你家固然穷，莫非我家就富吗？今晚的相会，正是可怜你的贫穷啊。"临别时，她又嘱咐说："这种苟合的事，不可以频繁。应该来的时候，我自然会来找你；不应当来时，你再强求也没有用。"

以后再遇见她，顾生常想拉她说说知心话，可她总是避开。但是缝连补缀、烧火做饭等家务，她全都料理得井井有条，如同过门的妻子一样。

过了几个月，少女的母亲去世了，顾生尽力地帮忙安葬。少女从此开始孤单单地独居。

顾生以为她一个人睡觉，春闺寂寞，容易引诱，便翻墙而入，隔窗呼唤，却始终没有得到回应。再看房门，已经上锁，原来家里没有人。于是他暗自怀疑少女是与别人约会去了。

等第二天再去，还和昨晚一样，屋子里空空荡荡。顾生便从腰里解下一块佩玉，搁在窗台上就回去了。

过了一天，顾生与少女在母亲屋里遇见。顾生出来时，少女也跟了出来，对他说："你怀疑我吗？"

顾生生气地说："我有什么资格怀疑你，我又不是你什么人。"

少女轻叹一声说："每个人都有自己的秘密，不能告诉别人。不过你怀疑我，我也无所谓，只是现在有件急事，要跟你商量。"

顾生问："什么事？"

她说："我怀孕已有八个月了，恐怕不久就要临产。我没有名分，只能为你生产，不能为你养育。你回头偷偷告诉你母亲，让她去找个奶妈，就说孩子是从别处抱来的弃婴，不要提起我。"

顾生不明所以，但也只好答应，去告诉了母亲。

母亲笑着说："这个姑娘真是怪人啊，明媒正娶不愿意，却私下跟我儿子交好。"

不过有孩子是喜事，他们听从了少女的意见，找好奶妈，等候着她分娩。

又过了一个多月，少女有几天没有过来，顾母担心有事，便到她家去探望。只见大门紧闭，没有一点儿动静。敲了很久的门，少女才蓬头垢面地从屋里出来，开门请顾母进去，又迅速关上了门。

顾母走进卧室，见一个婴儿在床上嗷嗷待哺。

顾母惊讶地问她："生了几天了？"

少女回答说："三天了。"

顾母抱起来一看，是个大胖小子，宽额大脸，很有福相。

她高兴地说："丫头，你已经给我生了孙子，可是你孤苦伶仃一个人，将来靠什么生活呢？"

少女说："我有自己的苦衷，但是不能告诉您。等今晚无人的时候，您就把孩子抱回去吧。"

等到夜深人静时，顾家母子便把孩子抱了回来。

又过了几日，快到半夜时，少女忽然敲顾生的门。进来后，顾生见她手里提着一个皮口袋，满面笑容地说："我大功告成，从此我们就要永别了。"

顾生急忙问她为什么。

她说："你奉养我母亲的恩德，我时刻铭记在心，大恩不言谢，所以从未对你口头表达过谢意。"

顾生说："无妨，我并不在意那些。"

她又说："但是江湖儿女，有恩报恩，有仇报仇，对于你的恩情，我不可能无动于衷。我知道你家贫穷，无法婚配，所以决定为你生个孩子。只有靠这种方法，才能延续你家的香火，为你传宗接代。"

顾生这时才恍然大悟。

少女坦诚地说："我本来希望一次就能怀孕，所以才说了'只可一，不可再'的话，没想到月经很快就来了，只好违背诺言，跟你有了第二次。如今恩与仇都已了结，我在此地已经无事，再没有什么留恋的了。"

顾生问："袋子里装的是什么？"

少女说："仇人的头。"

她说着就打开给顾生看，只见里面有个硕大的脑袋，头发、胡子纠缠在一起，血肉模糊。顾生看了差点儿吓晕过去，赶紧把头转开。

他问少女："既然你要离开了，能不能告诉我你是谁？"

少女笑着说："过去没有告诉你，是因为事情机密，怕你泄露出去。如今大功告成，不妨告诉你。我本是浙江人，父亲官居司马，被仇人陷害，全家被抄。我背着老母亲逃了出来，隐姓埋名，三年有余。之所以过去没有马上报仇，是因老母亲尚在。母亲去世后，我又有孕在身，因而延迟了许久。前几天，我夜里出去，并非为别的事，只是通往仇家的道路门户不熟悉，怕报仇时出现差错，才提前去踩点。"

顾生听得目瞪口呆，他知道少女不简单，却没想到竟然是如此英勇的奇女子，而自己竟然阴差阳错地与她有了一段奇妙的缘分。

少女说完就朝外走去，临出门时，又嘱咐说："我生的孩子，你要好好待他。可惜你福浅命薄，无法长寿，不过这个孩子可以为你家光耀门楣。夜深了，我就不与你母亲告别了，烦请你问好。"

顾生心里百感交集，刚想打听她要去什么地方，少女却如闪电般，眨眼之间就没了踪影。

顾生长长地悲叹一声，失魂落魄地站在门口，望着深邃的夜空。

第二天，顾生把经过告诉了母亲，母子也只能互相惊叹而已。

三年后，顾生果然病逝。儿子在十八岁时中了进士，一直奉养着老祖母，为其养老送终。

庚娘

金大用出身于河南的世家大族，娶了尤太守的女儿庚娘为妻。庚娘美丽而贤惠，他们的生活非常幸福美满。不想在他二十岁那年，陕西的李自成起义，打到了河南。

为了躲避兵乱，金大用带着全家人逃往南方避难。他们先走陆路到襄阳，打算乘船沿丹江而下，再转入汉江，去汉口落脚。

走到襄阳时，金大用在客栈里认识了一个同龄人，名叫王十八。王十八自称是扬州人，原本在襄阳做生意，听说了北方的兵灾，也打算逃到南方去。两人吃饭时喝了几杯酒，闲聊了几句，颇为投机。王十八邀请金大用同行。金大用很高兴，答应了他。

过了几天，两家人同行至丹江渡口。眼看天色渐暗，便决定在渡口边的客栈住上一晚，明日再租船出发。

夜里，庚娘对金大用说："明日不要和那个王十八同乘一条船了吧？这几日他总是盯着我看，眼珠乱转，我看此人心术不正。"

金大用并没有感觉到王十八有异常，但看庚娘神色严肃，便答应了下来。

次日一早，夫妻俩起床后刚梳洗过，正在吃饭时，王十八便来了。他热情地一拱手，说："金兄，渡口最大的船已经被我包了下来。咱们这便出发吧？"

金大用想到昨夜答应庚娘的事，刚想拒绝，王十八已经开始帮忙搬行李了。金大用实在抹不开面子拒绝，便也只好跟着出去，上了船。

那确实是一条大船，船舱里也很干净。金大用的父母住一间屋子，他和庚娘住一间。一进屋，庚娘就埋怨道："昨夜你答应得好好的，怎么睡了一觉就反悔了？"

金大用尴尬地说："他那么热情，我实在不好意思拒绝。而且他毕竟也带着妻子同行，哪有歹人作恶会带上妻子的？"

庚娘无奈道："但愿吧！"

两人出来，看到王十八正坐在船头，同船家聊得火热，仿佛他们早就认识一样。

王十八看到金大用夫妻出来，就向船家介绍他们。庚娘应付了两句便回屋了，她总觉得哪里不对劲。

等到夜里，庚娘还是觉得心慌，就对金大用说："王十八怎么和船家如此熟悉？莫不是他们早就认识？"

金大用说："王兄天性热情，好交朋友。他也是租船的时候才认识船家的。你是不是身体不舒服？一早就觉得你气色不好。"

庚娘摇摇头："我还是觉得这个王十八不对劲。要不明日咱们换一条船吧？"

金大用说："这里又不是渡口，上哪儿租船去？而且爹娘也受不了这般劳顿。你就放心吧。"

庚娘看劝解无用，只好闷头睡去。

船在丹江上行了几日，一路上顺风顺水，平安无事。庚娘经常和王十八的妻子唐氏待在一起。看唐氏知书达理，庚娘也以为是自己多虑，便不再要求金大用换船。

这一天夜里，金大用正在屋里读书，王十八敲门说："金兄，睡了没有？"

金大用答："没睡，王兄有什么事吗？"

王十八说："今夜的月色实在漂亮，所以想邀请金兄赏月，再共饮一杯。"

金大用欣然应允，推门出去了。

外面果然月色清亮。只是船的四周都是芦苇，遮住了岸边，也遮住了江面。这一幅荒凉景象，让金大用一愣，心里莫名地觉得有些怪异。

金大用奇怪地问："这是什么地方？"

王十八答："那得问问船家。"

船头有一张小桌，桌上摆着酒壶和小菜。金大用的父亲坐在桌边，正在自斟自饮。

王十八解释道："只有你我对饮实在无聊，我便把老先生也叫来了。金兄，请！"

金大用拱手致谢，叫了一声父亲，走到船头。刚想坐下，突然被王十八从身后一推，直落入水中。

金大用的父亲愣了一下，刚要呼喊，却被身后的船家一篙打在头上，也落入水中。

此时，金大用的母亲也出来了，她刚好看到丈夫落水的瞬间。老太太气急之下就要呼喊。可就在同时，另一个在她身边的船工似乎早有预谋，一把将她也推进了水里。

王十八的脸色一片阴郁，他左右看看，突然换了一副神色，惊慌地大呼大叫起来："救人！快救人啊！"

然而，此时庚娘就在屋里，透过窗缝眼睁睁地看着那一切发生。原来刚才金大用出去时，庚娘不知怎的有些心慌，便起身想出去看看。没想到刚走到窗前，便看到金大用的父亲被杀。

庚娘猜想丈夫已经遇害，强忍着悲痛，捂住自己的嘴，不让自己喊出声来。

王十八和几个船工装模作样地打捞了一会儿，王十八便径直往庚娘的屋里走来。

庚娘赶紧躺下装睡。

王十八敲敲门，大叫："嫂子，嫂子！快出来，出事了！"

庚娘想了想，咬牙让自己镇定下来，假装刚睡醒的样子，问："王大哥吗？有什么事？"

王十八悲痛地说："刚才船头上风太急，一股风把金兄和他父母都吹进了河里。我和船工们打捞了半天，也找不着人。大哥实在对不起你啊！"

庚娘心中冷笑，但也知道此时自己必须稳住。她装作惊慌失措的样子起身开门，难以置信地痛哭出来，才算把刚才心中的痛苦稍微倾倒出来一些。

庚娘哭着说："我不信，好端端的，怎么人说没就没了？"说着她奔出去，趴在船头大喊："相公！相公！"

王十八也装作难受的样子，说："嫂子节哀！"

庚娘只是哭泣："我的丈夫和公婆都淹死了，我以后可怎么办啊！"

王十八道："嫂子不要惊慌。我看这样，要不你跟我到金陵去吧。我家在金陵有房子、有地，保你吃穿不愁。"

庚娘抽泣着点点头："也只有如此了。多谢王兄弟了。"

王十八又送庚娘回屋，安慰了许久才离开。

这日之后，王十八每天都对庚娘关怀备至，殷勤地伺候着她。庚娘为了安全，每日几乎不出门，只是待在屋里。一到傍晚就把门从里面锁上。

这一天，庚娘刚吃过饭回到屋里，王十八不知道从哪儿跳了出来，按住门不让她关门。庚娘力气小，拗不过他，只好放他进来。

王十八邀请庚娘喝酒，庚娘推说自己从来不喝酒。王十八便自己喝了几杯，借着酒劲，突然把庚娘按在床上，口中说着自己对庚娘仰慕已久，便要强迫庚娘从了他。

庚娘急中生智，说："王大哥，你对我好我知道。往后来日方长，我都答应跟你去金陵了，你有什么好着急的？我这几日不方便！"

王十八会意，只好悻悻地离开了。

王十八走后，庚娘惊魂未定，赶紧锁好了门。这一整夜她都害怕王十八再来，不敢睡觉。

过了不久，庚娘突然听到外面有吵闹声。她趴在门上细听，原来是王十八和他妻子唐氏吵了起来。

只听见唐氏大骂："你做出这种丧尽天良的事，不怕老天爷降下雷霆，劈碎你的头？！"

接着是一阵打闹声。

唐氏又骂：“你打死我算了！我宁愿死也不愿意给你这个强盗当老婆！”

接着安静了片刻，庚娘便听到有什么东西落入水中的声音。

王十八又在喊：“我老婆掉进水里了，快来救人啊！”

庚娘流下了泪水，她万万没想到，竟会遇到这样的事情。王十八喊了两声便不再喊叫，庚娘甚至都没听到打捞的声音，原来王十八现在连戏都懒得再做了。

几日后，一行人来到了金陵。一下船，王十八就领着庚娘回家，上堂拜见母亲。

老太太看到庚娘，问王十八：“我的儿媳呢？这人是谁？我儿媳呢？”

王十八说：“母亲，这就是你的儿媳。”

老太太似乎神志不太清楚了，她盯着庚娘看了一会儿，说：“哦，真是我的儿媳啊。是不是路上太辛苦了？都饿瘦了。快，咱们吃饭！”

说着老太太就让下人准备晚饭，又安排人去收拾卧房。

吃过饭，王十八把庚娘带到屋里，一把将她搂住，就想亲热。

庚娘装作生气的样子，推开王十八说：“多大的男人了，又不是没见过女人，这么猴急！”

王十八以为庚娘要和自己调情，便嘿嘿地笑着说：“那娘子想要怎样？”

庚娘道：“我好歹也是大家闺秀，如今一个人孤苦无依，你便要欺负我？就算是平民百姓娶亲，还得置办酒席呢。你还说你家富裕，连这么一点儿事都不想做吗？"

王十八赶紧点头："我明天就去禀报母亲，一定把婚事办得风风光光的。今天咱们先把生米煮成熟饭吧。"

说着王十八又扑过来，庚娘再次推开了他。

庚娘装出娇羞的样子，说："那……那至少也得喝点儿酒助兴吧？"

"这个好办！"王十八很高兴，立刻让下人置办了酒席，就摆在卧房里。

此时已是深夜。两人对坐饮酒，庚娘拿着酒壶，殷勤地给王十八劝酒。王十八禁不住美人撒娇，倒一杯就喝一杯，慢慢地便有些醉了。王十八色心升起，推辞不喝了，急着要办好事。

谁知庚娘却换了一个大碗，又给自己倒上一杯，媚笑着要和他干杯。王十八不忍拒绝，又喝了几碗。

不多时，王十八便醄然大醉，脚步虚浮。他趔趄着脱了衣服，躺到床上，再不喝一杯酒，催着庚娘和他交欢。

庚娘吹了灯，说："不要着急，我已经是你的人了，还怕我飞到天上去？刚刚喝得有点儿多了，我去小解一下，你稍等等。"

王十八只好让庚娘快去快回。

庚娘摸黑出了房门，去后厨拿了一把菜刀，藏在袖中，回到了卧房里。王十八还在说着醉话。她一手探去，摸到了王十八的脖子。王十八淫笑着，便去亲庚娘的手。

庚娘心中厌恶，这一个月来的种种事情涌上脑海，愤恨之情瞬间让她充满了力量。庚娘握紧菜刀，狠狠地一刀砍了下去！

王十八一声惨号，滚下床来，居然没有立刻毙命。庚娘追上去，举起菜刀一刀一刀地砍了下去。不知砍了多少刀，王十八终于没了声息。

窗外传来了脚步声，想必是王家的下人听到喊声，正在赶来。

清冷的月光一如那夜，照出庚娘脸上的血渍和泪水。

敲门声响起，王十八的弟弟王十九问道："哥哥，出了什么事吗？"

庚娘冷笑，举起菜刀就朝自己的脖子上砍去。

然而她没发现，刚刚杀王十八的时候，刀刃已经砍得卷了起来。这一刀居然只砍破一点儿皮。庚娘知道自己落到王家手中没有好下场，便说："十九弟，没事，等奴家给你开门。"

说完，庚娘打开了门。王十九正想问些什么，黑暗中庚娘已经猛冲了出去。待灯笼的光照进屋内，王十九看到兄长的尸体时，又突然听到身后传来扑通一声响。

庚娘跳进了院子里的池塘。

王家人把庚娘打捞上来时，庚娘已经死了。但不知为何，她的面容依然端庄而美丽，宛如活人一般。

官府来人验尸，在庚娘的枕头下发现了一封信。信里把她家人如何被王十八害死，自己为何报仇等事一件件地都详细说明了。知县看后，判定王十八死有余辜，并且带头凑钱，安葬庚娘。

金陵人都听说了王家的事，王十九没有颜面继续住在金陵，就带着老母亲离开了金陵，不知所终。

而庚娘的信广为传播，金陵人都感动于她的贞烈，纷纷有钱出钱、有力出力，将她的葬礼办得非常风光。还有好心人为庚娘买来珠冠袍服、金银首饰，还有上等棺材和很多随葬的东西，把庚娘葬在了南郊墓地。

出殡那一日，万人空巷。

而此时，金大用正在宜城养伤。原来，那夜他被推入水中后，侥幸抓到一片木板才没被淹死。天亮时，他被一条小船救了上来。这条小船是宜城的富商尹翁专门为搭救落水遇难的人而设置的。

金大用因为呛了水，身体非常虚弱。但劫后余生，他还是拖着病躯，来到尹家登门拜谢。

尹翁知道金大用是河南金家的子弟后非常高兴，热情地招待了金大用，并让他留在自己家里休养身体。

可金大用却拒绝了。

尹翁不解地问他："你现在的身体状况，行动都困难，为何连留下养伤都不愿意呢？"

金大用把自己如何遇害的经过大致讲了一遍，又说："我的父母亲还有妻子都在那条船上，我被害了以后，还不知道他们的安危。因而小生实在是不敢耽搁。"

尹翁叹气道："世道乱了，强盗也就多了起来。这一段时间江上落水的人，十之七八都是被害的。你看这样如何，我派人去帮你寻找家人，你且先在我家休养。若找到了自然最好。你也可以留下教导我儿子读书。反正你也是为躲避兵灾，在我这里想住多久都可以。若找不到，待你身体痊愈，也就可以自己再去找了。"

金大用觉得尹翁的安排很好，拜谢后便答应下来。

尹翁当即派出下人，沿着丹江打听金大用家人的下落。第二天，下人便回来报信，丹江捞起一对淹死的老人，一男一女。金大用急忙跟着下人去了江边，发现正是自己的父母。

金大用悲痛欲绝，抱着父母的尸身哭得昏厥过去。

　　尹翁得知后，派人买来了上好的棺木。昏厥的金大用被抬回了尹家。尹翁准备待金大用好转一些，就帮他办理丧事。

　　谁知黄昏时，又有下人赶来汇报，说江里又捞起一个女人，还活着。她自称是金大用的妻子。尹翁不忍心叫醒昏迷的金大用，便让下人带女子回来，先安顿在家里。

　　夜里，金大用醒转过来。他的身体很虚弱，一想到父母去世，就忍不住泪水涟涟。

　　尹翁来看望金大用时，把白天捞到一名女子的事告诉了他。金大用听到这个消息后，突然恢复精神，冲出了门。

　　门外站着的，居然不是庚娘，而是王十八的妻子唐氏。

　　唐氏一看到金大用，便跪在地上大哭，一边哭一边说："金兄弟，我丈夫那个恶徒对不起你。我因为你说话，也被他扔进了水里。往后我无依无靠，只希望你能收留我，做牛做马都可以！"

　　金大用烦闷地说："我这边还是一团乱麻，哪还有心思替你打算！"

　　唐氏仍然跪在地上哭。

　　尹翁很是惊奇，眼前的女子竟不是金大用的妻子？他好奇地问："这是怎么回事？"

　　金大用解释道："她是害死我父母的凶手的妻子……不过她不是坏人。要不也不会被扔进江里。"

　　尹翁感慨道："天道有常啊！这都是天意。既然如此，金先生不妨娶了她吧！"

　　金大用道："尹老先生，我父母刚刚去世，按说我现在应该服丧，哪能谈什么嫁娶之事？况且就算安葬了父母，我还有大仇要报，否则哪有面目立于天地之间？对我来说，家室只会成为累赘。此事请不要再提！"

唐氏却反问道："若有家室就是累赘，那如果庚娘还活着，你也会为了报仇而抛弃她吗？"

金大用一时语塞。

尹翁道："这样吧金先生，唐氏我先代你收留。如果你们没有缘分，她往后留在这儿也行。权当我老汉做了一件好事。"

唐氏连忙拜谢尹翁。金大用看尹翁如此热心，也只好答应了。

次日，尹翁出资，为金大用父母举办了葬礼。唐氏竟也披麻戴孝，在葬礼上哭得悲痛欲绝。当地人都以为唐氏是金大用的妻子。

待丧事办完，金大用第二天就来向尹翁告别。尹翁问他："你的身体已经痊愈了吗？"

金大用说："已经好了。这些日子感谢您的照顾。我想报答您，但实在是有大仇在身，请您原谅。"

尹翁知道金大用一心想要报仇，无论他怎么劝也没用，便只好让下人去准备行囊、武器和盘缠。

金大用却说："我已经受您太多的恩情，无法报答了。请恕我不能再接受这些礼物。"

说完，金大用独自出了门。走了没几步，便看到唐氏背着一个包袱，在路口等他。

金大用故意不理她，从她身边走了过去。

唐氏拽住金大用，问他："你身无分文，怎么报仇？"

金大用说："我带着饭钵，乞讨也好，挖野菜也好，总能走到金陵。我带了一把尖刀，只要让我找到王十八，哪怕同归于尽，也必然要杀了他。"

唐氏又问："你知道他家住哪儿吗？"

"总能找到。"

"不用找，我知道。"

金大用这才停下脚步。

唐氏接着说："我的祖籍在金陵，和那个豺狼是同乡。他经常骗人说自己是扬州人。我嫁给他也不久。起初我看他骗人，只以为他是品行不好，没想到他根本连人性都没有。那几日在船上，我才知道，江上的水寇多半是他的同党，你这样去怕是报不了仇，甚至会白白送掉性命。"

金大用恨得咬牙切齿："那该如何报仇？"

唐氏说："你让我陪你去，我帮你。"

金大用这才点点头，答应了唐氏。两人出了宜城，因为天气炎热，便在路边的茶摊上喝茶。刚坐下，就听到邻桌的两个人说，金陵有一个叫庚娘的贞烈女子，为丈夫报仇后自杀了。

金大用大惊，连忙问那两人是怎么回事。原来，庚娘的事已经传遍了南方。两人讲完，金大用才明白庚娘有多了不起。大仇已报，他不必再去金陵。只是他心爱的庚娘，却也死去了。再看身边的唐氏，他忍不住说："我的妻子是这样的贞烈女子，我怎能忍心负她另娶呢？抱歉了！"

唐氏点点头，也说："我明白的。我做妾也好，做奴婢也罢，都可以的。你若不要我，我就离开。"

金大用不知如何应答，只是叹气。

天色已晚，两人无处可去，只好又回到宜城。走了没多远，恰好遇到了出门的尹翁，陪着一个武官模样的人走到了酒楼门口。

尹翁好奇地问金大用为何回来。金大用便把庚娘的事告诉了他。那武官听得赞叹不已，便邀请金大用共饮。

原来，这名武官姓袁，是一名将军。他和尹翁是好友，原本只是来拜会朋友，没想到又结识了金大用。双方饮酒谈天，袁将军对金大用的人品、才干很是赏识，便邀请他去军中做个书记官。金大用本也无处可去，就答应了他。而唐氏，则寄居在尹翁家里。

此后，袁将军被派去平寇。他在金大用的帮助下立了大功。几年之后，贼寇平定，金大用已经成为一名参将。

唐氏苦等金大用几年，待他回来，两人就顺理成章地成了亲。正好金大用在军中无事，唐氏便提议他们一起去金陵，给庚娘扫墓。

这一日，船过镇江时，忽然有一条小船从后面过来。船上有一个老妈妈和一个少妇，金大用看那少妇似乎很像庚娘。

小船疾驶而过。错身的刹那，金大用更觉得那少妇就是庚娘。他心中惊疑，又不知如何追问，急忙呼叫说："看那群鸭儿飞上了天也！"这是他和庚娘常唱的河南小曲。

片刻，那只小船上传来回音："看那馋狗想吃猫腥也！"

金大用大惊，难道那只小船上……真是庚娘？

他急忙让船夫靠近小船。而那只小船超过他们后，也开始减速，渐渐靠了过来。片刻，两只船靠在了一起。

一个丫鬟扶着一个少妇立在船头，赫然就是庚娘。

金大用和庚娘隔船相望，热泪盈眶。待船停稳，金大用跳到小船上，一时竟一句话都说不出来。庚娘爱怜地抚摸着他的头发，说："你怎么头发都白了？"

金大用想解释说思念所致，又怕庚娘难过，就想骗她说军中劳累。然而，他只是哭，什么都说不出来。

船上的人都知道他们夫妻的事，看着他们，也都伤感起来。

到了晚上，庚娘来到了金大用的船上。唐氏以小妾拜见正房的礼节拜见庚娘。庚娘很惊奇，问唐氏怎么会在这里。金大用这才仔细述说了这些年的事。

庚娘心中感激唐氏，拉着她的手说："当年同船时你我说的话，我现在还常常记得。真是没想到，竟成了一家人。多亏你代我葬了公婆，又辛苦照顾相公。我应当首先谢你，哪能以这种礼节相见呢？"

唐氏连忙说："我甘愿做妾，所有礼节都是应该的。"

庚娘看她坚持，便说她们往后以姐妹相称便是。

金大用又问起庚娘这些年的经历，庚娘才娓娓道来。

原来，庚娘被埋葬以后，不知道过了多长时间，忽然听见一个声音喊她说："庚娘，你丈夫没死，你们还能团圆。"接着，她就如同从梦中醒来了一般。她用手摸摸，四面全是墙壁，这才醒悟到自己在棺材里，已经被安葬了。

恰巧当地有几个无赖，听说庚娘的陪葬品丰厚，便来挖坟破棺。庚娘从棺材里站起，把他们吓得都不敢动弹。

庚娘略一思索，便说："幸亏有你们，我才能重见天日。这些首饰什么的，你们全都拿去吧。但请你们把我卖到庵里当尼姑，可以多得几个钱。我也不会把这事告诉别人的。"

庚娘神态端庄，如仙女一般。一个无赖自惭形秽地跪下说："娘子是贞烈女子，死而复生必是有神灵保佑。小的们也是因为兵荒马乱，实在穷得吃不饱饭，才干这见不得人的勾当。您不怪罪我们，我们便感恩不尽了，怎么敢卖您为尼呢？"

另一个无赖接过话说："是啊。您若是无处可去，我给您说个地方。镇江有个耿夫人，是个寡妇。她是当地出了名的善人，却没有子女，如果她见到娘子一定会很高兴。"

庚娘点头道："谢谢你们。这些珠宝首饰就算是我的心意，请一定要收下。如果你们不收，我也不会去耿夫人那里。"

一伙人这才接过庚娘的首饰珠宝，雇了车船，把庚娘送到了耿夫人家。

耿夫人是当地的大户，一个人过日子。她见了庚娘非常喜欢，便把庚娘认作了义女。这一日她们二人从金山礼佛回来，不想竟和金大用相遇了。

金大用听了很是感慨，连连感谢上苍保佑。待庚娘讲完，他就过船去拜见耿夫人。耿夫人早就知道庚娘的事，再看金大用一表人才，更是喜欢，便像对亲女婿一样款待了他几日。

自此之后，金家、耿家还有尹家，便经常来往不断。而金大用和庚娘的故事，也渐渐传到了很远的地方。

神女

　　福建有一个姓米的书生。有一天，他在县城里和朋友喝酒，不知不觉间，就喝得有些醉了。

　　到了晚上，朋友们渐渐散去，米生则独自回家。

　　走不多远，他突然听见了雷鸣般的鼓乐声。循声看去，旁边是一座高门大宅，然而宅门前却异常冷清。米生觉得非常奇怪，便抓住一个过路人询问。那人告诉他，这家人正在办寿宴。

　　院子里鼓乐齐鸣，嘹亮动听。米生听得入了迷，也不问这是什么人家，就在街头摊子边买了一份贺寿礼物，敲门递上名帖，打算进去凑个热闹。

　　管家接过名帖，进去通报。米生就站在门口等着。

　　有个过路人看他穿得寒素，便走上来问他："你和这家老翁是什么亲戚？"

　　米生醉醺醺地回答："我和他不是什么亲戚。"

　　那人道："这家人是客居在这里的外省人家，也不知道是什么达官贵人，平时傲慢得很。你既不是他家的亲戚，上来凑这个热闹干什么？"

　　米生听那人这么说，心中突然后悔，但名帖已经递进去了。

就在他犹豫的时候，大门开了。里面走出两个少年。他们穿着华丽夺目的衣服，长相雍容俊美。

两个少年恭敬地请米生进来。米生便跟着他俩来到室内，看见一个老翁面南坐着。

室内东西两边各摆列着几桌酒席。有六七个客人，都像是富贵子弟。他们看见米生，都站起来行礼。那老翁也扶着拐杖站了起来。

米生想和老翁寒暄，但老翁始终不离开座位。那两个少年人客气地解释说："家父年老力衰，实在行动不便，我们兄弟二人代家父感谢您的盛情！"米生谦逊地谢过。老翁又让人在旁边另加了一桌酒席。

不一会儿，便有女子在下面表演伎乐。酒席后面设有琉璃屏风，用以遮挡内眷。一时间乐声大作。客人们没法再交谈，便开始放肆地饮酒。

宴席快结束的时候，两个少年站起来，每人拿一个足能盛三斗酒的酒杯劝客。米生一看，面有难色，但见其他客人都喝了，也只得跟着喝了。一会儿便被连劝四杯，主人、客人都一饮而尽，米生迫不得已，只得勉强喝干。

谁知道米生喝完了四杯，少年又给他斟上了。米生只觉得天旋地转，实在喝不进去了，便站起身来准备告辞。而那少年却硬拉着米生的衣服不让他走。又喝两杯，米生已然醉得失去意识，颓然跌倒在地。

不知过了多久，迷迷糊糊中，米生觉得有人在拿冷水喷自己的脸。他醒了过来，站起一看，客人都已散了。那少年见米生醒来，便扶着胳膊送他。米生于是告辞回家。

后来，米生再经过那家门口时，发现老翁一家已迁走了，米生也没有多想。

有一天，米生正在街市上走着，忽见一个人从酒铺中出来，招呼他进去喝酒。米生看那人眼生得很，但又不好意思拒绝，心想，姑且进去看看吧。进入店内，见同村的鲍庄也在。

米生问那个人的姓名。那个人说他姓诸，是市场里磨铜镜的。米生不禁奇怪地问："那你怎么认识我？"

诸生反问米生："前几天做寿的那人，难道您认识吗？"

米生尴尬地答道："不认识。"

诸生说："我经常去他家，对他很熟。那老翁姓傅，只知道他是大富大贵的人家，但邻里也没人知道他是哪里人、做过什么官。那天你去上寿时，我正好在那里，所以认识你。怎么样，你不认识傅老都敢上他家去喝酒，我和鲍庄的酒，敢不敢喝？"

米生大笑道："不醉不休！"

于是三人开始喝酒。一直喝到傍晚才散。

米生和鲍庄一起回家。米生回家后倒头便睡着了，一直睡到第二天中午。酒醒后的米生只觉得口渴难耐，刚起床想找口水喝，却听见门外响起咚咚的敲门声。

敲门声很剧烈。米生小跑着开了门，只见两个捕役站在门外，旁边还站着鲍庄的父亲。

鲍老先生说："就是他！"

两个捕役不由分说，将米生打倒在地，捆了起来。

米生惊呼，忙问为何抓他。

鲍老先生怒喝："你害死我儿子，还问为什么？"

米生愕然："他死了？"

鲍老先生踢了他两脚，不再回答他的问题。捕役就这么一路把他押到了衙门。

到了公堂之上，县太爷问话时，米生才知道鲍庄昨夜竟莫名其妙地死在了回家的路上。鲍老先生只知道儿子和米生喝酒，并不知道还有个诸生，便以为米生就是凶手，于是把他告到了衙门。

米生自然死不承认。但仵作验尸后，发现鲍庄身有重伤，县太爷便以谋杀罪为名，拟判米生死刑。无论米生如何辩解，县太爷都不相信。至于他所说的诸生，官府的人去市场里找了很多次都没找到，便以为他在撒谎。过了一段时间，官府的人也失去了耐性，将米生关在县狱里，每日严刑拷打，逼他招供。

就这样过了一年多，一位直指大人巡视地方，发现米生的案子还没有结果，于是重审。他派衙门里的人挨家挨户地访问，终于找到了几个目击者。酒楼小二还记得鲍庄他们喝酒时是三个人，还有人在米生家不远处看到米生和鲍庄分别的情景。于是直指大人认定米生是冤枉的，就从狱中释放了他。

然而一年多的牢狱之灾下来，米生的家产已荡然无存，功名也被革除了。他越想越冤枉，看家里也没什么好留恋的，便离开家，想去郡城里找机会恢复功名。

独自赶路几日，米生已经衣衫褴褛。这一日太阳快落山的时候，他觉得实在走不动了，就坐在路边休息。

远远地，一辆马车朝他驶来。马车两边还有两个青衣丫鬟跟着，一看就不是普通人家。转眼之间，车子已从米生眼前过去。

米生收回目光，正想趁天还没黑去找些野果充饥时，忽然听见一个女子的声音说："停车。"

米生好奇地回头，看见马车停在不远处，一个青衣丫鬟向他走来。

丫鬟问米生："您是不是姓米啊？"

米生很惊讶，连忙说是。

丫鬟感叹道："您怎么穷困潦倒到这种地步了？"

米生便把自己这一年的变故告诉了她。丫鬟又问他这是要去哪里，米生也如实相告。

那青衣丫鬟点点头，让米生稍等，转身回去向车中人报告。没过一会儿，丫鬟又返回来，请米生去车前答话。

走到近前，一双纤细的小手拉开了车帘。米生偷偷朝车里斜了一眼，看见里面坐着一个天仙般的美貌女子。

那女子对米生说："您遭受了这么大的冤屈，想起来都让人伤心！但您说要去取回功名，现在的官府衙门不是空着手就能进出的。路上也没有什么东西相送……"一边说，那绝色女郎便从发髻上摘下一朵珠花递给米生，"这东西大概能值一百金，请您收下。万一有个急用的时候，说不定还能帮到您。"

米生非常感动，但毕竟和女子素不相识，便想拒绝。没想到那女子似乎看穿了他的心思，丢下珠花便让车夫赶紧走。不过片刻，马车便驶远了。

米生呆在原地，突然悔恨起来，他连恩人的家族门第都没有问一句。再捡起那珠花细看，上面缀饰着明珠，隐隐散发着光辉，不像是凡间的东西。他小心地收好珠花，顿时觉得心中振奋，于是不再休息，继续往前赶路。

又过几日，米生来到了郡城。他去衙门里投上诉状，但衙门里从门房到书吏，个个都向他索要财物，否则便不理他。

有好几次，米生拿出了珠花，但终究不忍心把它送给那些贪官污吏，便只好又回来了。好在米生的哥嫂在郡城生活。他去投奔哥哥家，哥嫂知道他的事后，都很心疼他，让他在郡城住下。这样一来，生活虽然贫困，但也还能读书。

又过一年，米生要去福州参加童试，不料途中却迷路了。时值清明佳节，游玩踏青的人很多。米生看见有几个女子骑着马过来，其中一个便是去年帮过他的那名女郎。

那女郎也看见了米生。她勒住马，问米生要到哪里去。

米生先恭敬地拜了拜，才说："我要去福州，参加童试。"

女郎惊讶地问："你之前的功名还没给恢复吗？"

米生心生凄惘，从衣服里取出一个小包，一层层打开，里面却是那朵珠花。他小心翼翼地捧起珠花说："我总是不忍心拿它去换钱，所以现在仍是童生。"

女郎面露羞涩之情。过了一会儿，女郎嘱咐米生坐在路边等等，自己骑马走了。

过了很久，一个丫鬟驰马过来。丫鬟将一个包袱递给米生，说："娘子有话：现在的官府衙门都像做买卖一样，公然索贿，特赠二百两白银，作你求取功名的资本。"

米生连忙推辞说："娘子给我的恩惠太多了，以在下的才能，考个秀才不是什么难事。如此多的财物，小生万不敢领受。只求告知娘子的姓名，我回去画一幅肖像，每日烧香供奉，便知足了。"

丫鬟却一句话都不说，将包裹放到地上，便走了。

米生只好拿起包裹，继续赶路。此后，他的生活变得宽裕了，但他始终不屑为了功名去攀附权贵。后来，米生终于以第一名的成绩考进县学，便将女郎赠送的白银交给了哥哥。

他的哥哥原本就是商人，很擅长理财。有了这笔钱做本金，不过三年光景，就恢复了原来的家业。

当时的闽中巡抚是米生祖父的门生。巡抚大人到任后，对米生十分照顾。一时间，米家兄弟二人俨然成为富贵人家了。但米生一向清廉耿直，虽然与巡抚有世交，却从没有为了功名富贵麻烦过巡抚大人。

这一日，一个身着华丽衣服的人骑马来到米家门前，投帖拜访。

米生一看名帖，居然是当年他去蹭酒的傅家的公子。他连忙出门行礼，将傅公子请进家门。两人聊了一会儿，米生便让下人准备酒席。

不多时，酒菜上桌。两人喝了三巡，傅公子示意要和米生单独谈谈。米生便让下人们退下。不想傅公子忽然拜倒在地，米生慌忙起身，将傅公子扶起来，问他究竟出了什么事。

傅公子悲伤地说："我父亲刚刚遭受大祸，想求助于巡抚大人。然而我家和巡抚大人并不认识，所以特地来请兄台帮忙。"

米生面露为难之色，推辞说："巡抚虽然与我家是世交，但你也知道，我平生最不愿做的就是公为私用。"

傅公子又趴在地上，哭着哀求："家父的性命危在旦夕，请米公子一定要帮忙啊！"

米生拉下脸来，冷冷地说："我和傅公子只是一场酒的交情罢了，怎么可以拿丧失名节的事去勉强别人呢？"

听到这句话，傅公子非常惭愧，默默地站起来走了。

第二天，米生正在家中读书。忽然一个青衣丫鬟走了进来。

米生一看，那丫鬟正是曾代女郎赠他白银的人。米生非常吃惊，刚想站起来问好，那丫鬟却责备道："您难道忘了那朵珠花吗？"

米生连忙说："怎敢怎敢，小生此生都不敢忘怀！"

丫鬟说："昨日来的傅公子，便是娘子的亲哥哥。"

米生一愣，先是后悔，接着想到那名女子，又不由得暗喜起来。这些年他一直没有娶妻，就因为他一直思念着她。

米生故意说："这个……傅公子未曾言明，小生也实在没有想到。如果你家娘子能亲自来说句话，我上刀山下油锅也心甘情愿；至于其他人来说，小生实在无能为力。"

丫鬟听后，冷哼一声，不再多言，出门骑马而去。

一直等到晚上，再没有人来拜访米家。米生一想到自己很快又要见到那女子，便激动得睡不着觉。于是他便起身开门，坐在正堂喝茶。等到天将亮时，忽然听到门外一声喊："娘子来了！"

话音未落，那女子便带着丫鬟进了门。

女子看见米生，一句话也不说，上来就哭。

米生赶紧下拜说："如果不是娘子帮助，哪有我的今天？快别哭了，你有什么吩咐，我一定尽心尽力去办！"

女子一边哭一边埋怨："被人求的常常都很傲慢，求人办事的只能心存敬畏。我这大半夜的一路奔波，平生哪里受过这般苦啊，但因为有求于人，还能说什么呢！"

米生赶紧安慰道："娘子一路奔波，真是受苦了。我之所以没有立即答应，只是想再见娘子一面。你可知道，这些年我有多思念你……"

女子一听，气愤地站起来呵斥道："我来找你，不过是想着过去曾有恩于你，希望你能帮我家一次。而你，却想着乘人之危？我真是瞎了眼！"

女子说完话，夺门而出，准备登车离去。米生急忙追出来，连连道歉。眼看女子要走，米生突然跪在地上，拦在马车前面。丫鬟也忍不住说："娘子，米公子一时口无遮拦，你就原谅他吧。这么多年了，他的人品我们都知道的呀！"

女子这才稍稍平息了怒气。她对米生说："实话告诉你，我本不是凡人，而是神女。家父是南岳都理司，因为偶然对地官失礼，得罪了他。那地官不依不饶，把爹爹告到了天帝那里。此事须有本地巡抚大人的官印，才能解救我爹爹。你如果还记得我过去对你的恩情，便用一张黄纸，盖上巡抚的官印交给我。"

女子说完，也不管米生答不答应，就驱车离开了。

米生怅然回屋，暗暗下定决心，要帮女子办好这件事。可他想来想去，只想到假借驱邪向巡抚借官印的点子。

次日，米生去拜访巡抚大人。然而巡抚大人却觉得驱邪之事太像巫蛊之术，太不靠谱，不肯借印。米生没办法，又用重金贿赂巡抚的心腹，心腹答应给他盖印，却一直找不到机会。

如此这般了几次，米生始终没有借到巡抚大人的官印。

有一次他忙碌了一天回家，却看到丫鬟早已等在家门口。米生便将借印的详细经过都告诉了她。丫鬟嘴上虽然没有埋怨米生，但神情之间仿佛在埋怨米生根本没有尽全力。

米生认真地告诉她："请你回去告诉你家娘子，这次如果事情办不好，我舍了这条小命不要也罢。"

这一夜，米生彻夜难眠，却想不出什么更好的办法来。

之后米生每天都去拜访巡抚大人。巧的是，过了几天，他突然得知巡抚大人有个十分宠爱的小妾想要买珠花。米生便将自己珍藏多年的那朵珠花献上。那小妾非常喜欢，便答应了米生的请求，偷出印来为米生盖了章。

米生高兴地将盖了印的黄纸揣到怀里，急忙返回家中。这时那丫鬟也刚好来到。米生得意地说："真是侥幸，此事居然办成了。只可惜这些年，我穷到要讨饭的时候都没舍得卖的东西，现在还是为了它的主人而送人了。"

丫鬟不解。米生便把他用珠花换印的过程讲了一遍。然后又说："为了此事，扔掉黄金我都毫不可惜。只是那朵珠花毕竟不是普通的东西……你能不能捎话给你家娘子，再赔我一朵珠花？"

丫鬟接过黄纸，笑着说："你这人真好意思，本来就是送你的东西，现在你送了别人，居然还想再要。"

话虽这么说，但看丫鬟的表情，却丝毫没有嗔怪之意。

过了几日，傅公子突然登门，送来黄金百两以示谢意。

米生有些失落，席间借着酒意，假装不高兴地说："我之所以这么做，并不是贪图金银珠宝，而是因为令妹曾帮助过我。否则，即使拿来万两黄金，又怎能换来名誉和气节呢！"

傅公子只好尴尬地说些客气话。草草吃罢酒席，傅公子便离开了。第二天，青衣丫鬟又奉神女之命，送来明珠三百颗。

丫鬟问他："娘子说了，这些东西足够赔你的珠花了吧？"

米生解释道："我看重的是娘子当年在我困顿时赠予的那朵珠花。这些珠宝怎么能比？如果我是个贪图钱财之人，恐怕早已过上了富裕的生活。我为什么把珠花藏起来，而甘于贫困呢？再说了，娘子是神仙，我也不敢有别的奢望，只是想着能报答娘子的恩情，便再也没有什么遗憾了。"

那丫鬟却不顾米生的解释，把明珠放到桌子上就想离开。米生有了前几次的经验，这次直接让下人拦住丫鬟，非让她带走明珠。丫鬟没办法，只好带上明珠离开了。

又过几日，傅公子又来了，这次带的却是几壶米酒。米生照常叫人准备酒菜。

待酒菜备好后，两人坐下对饮。那酒味道很好，他们不知不觉便喝得有些醉了。

傅公子红着脸对米生说："米兄，你是一个正直的人，我们兄弟俩还不如我家小妹有眼光呢！家父感激您的大恩大德，无法报答，本想将小妹许配给您，又担心您因人神相异而嫌恶。"

米生又惊又喜，连说自己怎么配得上神女。傅公子笑笑，继续喝酒。一直喝到后半夜，傅公子起身告辞，说道："明晚是七月初九，新月和钩辰星同时出现，织女星有少女下嫁，正是良辰吉期，你可要准备好成婚的洞房。"

第二晚，傅公子果然将神女送了过来。米生和神女就在家中完成了婚礼，一切礼仪都和平常人家一模一样。

成婚三天后，神女对米生的哥嫂及家里的男仆、丫鬟，都赏赐了金银。

神女性情贤惠，侍奉嫂嫂像婆母一般。一家人过得幸福美满。然而美中不足的是，几年光景过去了，神女也没有生个一儿半女。

神女很是过意不去，私下里劝米生另娶小妾，米生不肯。正好米生的哥哥在江浙一带经商，便自作主张地替米生买了个妾回来。

这个小妾姓顾，名叫博士，相貌清秀婉丽，米生夫妇都很喜欢她。

神女看见小妾头上插着朵珠花，很像是当年那朵旧珠花，摘下来仔细一看，果然就是，便惊奇地追问珠花的来历。

小妾说："浙江巡抚的爱妾死后，她的奴婢偷了这枝珠花来卖。先父觉得价格合适，便买了下来。先父没有儿子，只生下我一个女儿。后来父亲去世，家道中落，我被寄养在一个姓顾的老太太家里。顾老太是我的姨母辈，见了珠花，屡次想卖掉，我投井觅死，坚决不同意，才得以保存到现在。"

米生夫妇看见失物复得，不由感慨："十年前的东西，仍旧寻见旧主，这岂不是天意！"神女又拿出另一枝珠花对小妾说："这东西很久没配对成偶了！"

两枝珠花放在一起，样式竟一模一样。

神女拿起两枝珠花，插到小妾的发髻上，说："妹妹你与它有缘，这对珠花便送给你了。"

小妾连忙跪下说："这么贵重的东西，我受不起啊！"

神女说："拿着吧，以后家里还要你多操劳。"

米生也说："夫人送你的，你就戴着吧。"

小妾这才应允，退了下去。

后来那小妾跟下人打听神女的家世，家里的人却都避讳不谈。小妾偷偷对米生说："我看娘子不是凡人，她的眼眉间透着股仙气。那日她给我戴花时，我从近处看，觉得她那种美与生俱来，跟咱们普通人完全不一样。"

米生笑笑，不置可否。小妾又说："你先不要声张，我去试试她。世人常说，如果是神仙，凡人有什么要求，在没人的地方烧香求她，她就会知道。"

正好，神女绣的袜子，米生的小妾很喜欢，于是她便偷偷烧香，求一双神女绣的袜子穿。

第二日，神女起来，忽然拿了一双绣袜，让丫鬟送给小妾。米生看见，不禁失笑。神女不明所以，米生便将小妾的计划说了。神女也笑了，骂道："好狡猾的婢子！"嘴上虽然笑骂，但神女的表情却欢喜得很。显然她的心里非常喜欢这个聪明的小妾。

这之后，小妾侍奉神女时越发恭敬。常常天还未亮，她便起床沐浴，更衣熏香，收拾整洁后前去问候神女。

又过两年，这小妾怀上了米生的骨肉，一胎生下两个儿子。

米生活到八十岁时，神女还年轻得像少女一样。

再后来，米生卧病不起，神女竟找来木匠做棺材，还让做得比普通棺材大一倍。

米生死时，神女也不哭。等家人外出回来，发现神女也躺在棺中死了，于是合葬了他们。

至今，那里还流传着"大材冢"的说法，来历便是米生和神女的这段故事。

马子才站在栽满菊花的院子里，好不惬意。

自从祖上搬到顺天，家里世世代代都喜欢菊花。到了他这一辈，可以说更是为菊花痴狂。马子才一直竭尽所能，搜罗天下名菊，也算是没有辱没祖传之好。

一天，有位金陵来的客人借住在他家。二人闲聊时，客人说起自己有一位表亲，栽有一两种菊花，是北方所没有的。

马子才一听就动了心，立刻动身去了金陵。在客人的斡旋之下，费尽周折，总算得到两棵幼苗。

返回顺天的路上，马子才遇见一个少年，生得英俊潇洒，骑着一头小毛驴，后面还跟着一辆华丽的马车。

马子才凑到少年身边问："敢问阁下贵姓？"

"小生姓陶。"那少年答道，又问，"不知兄台高姓？"

"鄙姓马。"马子才说。

二人于是愉快地攀谈起来。那陶生言谈举止间，处处透露着风雅。马子才心想，如此才子，肯定是某处的名士。陶生问他从何而来。他就把自己到金陵求取菊花之事对陶生讲了。

想不到陶生也是懂菊之人，开口就一语中的，他说："菊花不论品种如何，开得好不好，其实全在人。"

"兄台说得极对！"马子才遇见同道中人，心情愉悦，就同他谈论起种植菊花的技艺来。

后来，马子才关切地问陶生："你要去哪里？"

陶生回答说："姐姐在金陵住厌了，想到黄河以北找个地方住些日子，还没有定下来。"

马子才一听，很高兴地邀请他说："寒舍虽然鄙陋，倒是有闲房可住。如若你们不嫌弃，就和我一道走吧。"

见陶生一时不好自己拿主意，马子才就看了看后面的马车说："兄台要不要跟同行人商量一下？"

陶生答允了一声，便策驴来到后面的车驾前，掀开帘子和车中人说话。

马子才打眼一看，车中人竟是个二十来岁的绝色女子。只听那女子对陶生说："房子好坏倒不要紧，但院子一定要宽敞。"

马子才替陶生回应着，表示地方很宽敞，于是一行人就去了马子才家。马家的宅子南边正好有一个荒芜的花圃，陶生一眼就看中了那里。马子才高兴地帮他们收拾出来，陶生和姐姐就在那里住下了。

闲来无事，马子才就邀请陶生到自己的北院，二人一边交流养菊心得，一边现场栽培，很是开心。

说来也奇怪，那些已经枯萎了的菊花，经过陶生拔出来再种上，就没有不活的。马子才不禁在心里暗暗称奇。

陶生是那种不拘小节的人，姐弟俩过得逍遥而清贫，马子才看在眼里，常常邀请他俩到家里吃饭、饮酒。

妻子吕氏，也很喜欢陶生的姐姐黄英，还常常接济他们一些粮食。

"黄英的确是干活的好手。"妻子说。

"人家姐弟暂居咱家，你可不要没完没了地指使人干活。"马子才交代妻子说。

"我哪里敢啊？"妻子说，"倒是黄英，总过来帮着忙里忙外。"

一天，马子才和陶生在菊花圃里闲聊，陶生忽然说："你家的生活本来就不富裕，现在又添了我们两张嘴拖累你们，这不是长久之计。"

马子才见他如此说，知道肯定还有下文，就问他："依兄台之见呢？"

陶生说："依愚弟之意，咱们可以卖些菊花，来换些钱财。"

一听陶生要卖菊花，马子才立马急眼了："我一直以为你是一个高洁之士，能够安于清贫，谁知道竟说出卖菊花这样的话来。"

陶生见他生气，颇为不解。

马子才说："把菊花当作货物，是对菊花的侮辱。"

陶生解释说："自食其力没什么错，卖花为生也不庸俗。人固然不能用不正当手段来谋利，但也不必刻意去追求清贫。"

马子才没接他的话。两人相对沉默了好一会儿，陶生站起来走了。自那天以后，马子才邀请多次，陶生都不再去他家吃饭。

而他扔掉的残次菊花，陶生都给拾了回去。

过了不久，又到了菊花季。马子才听见陶生那边车水马龙，门庭若市，非常好奇，就跑过去看。

原来，有很多人到陶生家买菊花，有用车拉的，有用肩挑的。

最奇特的是，他们所买的菊花，全是马子才从未见过的品种。

此时，马子才对陶生的庸俗贪财非常厌恶，想立即与他绝交；又恨他私藏良种而对自己保密。于是就走到他的门前，打算奚落他一番。

陶生开门出来，还没等马子才说话，便拉着他的手进了院子。

一进院子，马子才傻眼了，原来的半亩荒地，如今全种着菊花。花圃里那些含苞待放的菊花，没有一棵不是奇特的品种。

马子才又觉得好生熟悉，蹲下来仔细辨认，这才认出，那些奇特的菊花，竟然全是自己以前拔出来扔掉的。

陶生也不解释，进屋端出酒菜，摆在菊花圃旁边说："我因清贫，不能恪守高洁之风，几天来卖菊花的钱，足够我们大醉一场了。"

二人坐在菊丛里对饮畅聊，忽听房中有女子连连喊叫"三郎"。陶生应声进去，又端出来几盘精美的菜肴。

"令姐为何还不出嫁？"闲谈之中，马子才问。

"尚未到时候。"陶生回答。

"嗯？要到何时？"马子才不解地问。

"四十三个月。"陶生神秘地说。

"这是何意？"马子才追问。

陶生只是笑，没有回答，举起酒杯，与马子才共饮。二人酒足饭饱，才尽兴散去。

第二天，马子才又去陶家。他看到昨天新插的菊花已经长到一尺多高，觉得非常神奇，便问陶生秘诀。

陶生说："种菊这事只可意会，不可言传，况且你又不用它谋生，何必学？"

马子才无言以对。

又过了些日子，见陶生门前买花的人稍少了些，马子才打算再去讨教菊花种植之事，却发现陶生不在家。

"你弟弟呢？"马子才只好去问黄英。

"他去南边卖菊花了。"黄英说。

"哦？什么时候回来？"

"还说不准，找他有急事吗？"

"没有，只是闲聊而已。"马子才说完，就离开了。

马子才回到自己家，看着菊花，想着陶生。这一想，半年就过去了。陶生回来时，车子上装满了奇花异草，马子才见了好生羡慕。

许多人都来买陶生带回的花草。说来也怪，那些花草买回去时娇艳无比，但养一年以后，就变得丑陋不堪。这让马子才甚是诧异，不知道陶生使了什么魔法。而那些往年买了花草的人，来年也只好再来买新的花草。

眼看着陶生过得越来越富，也不怎么找自己喝酒论菊了，马子才心里不禁有些落寞。陶生又新盖了房子，翻修了花圃，马子才也不好说什么。

这年秋天，陶生又把即将开放的菊花用车拉走了，可直到第二年初夏，他也没回来。

期间，马子才的妻子病逝。他想迎娶黄英，就托人前去问询。黄英没有表示反对，但说要等陶生回来，再拜堂成亲。

又过了一年多，陶生仍然没有回来。到了种菊花的季节，黄

黄　英　　　　　　　　　　　　　　　　　　　　**223**

英便亲自教仆人们栽种菊花。

黄英的经营手段和陶生一样厉害，并且和别的商人一起合作做买卖。不到一年，黄英就在村外买了二十顷良田，陶家的宅院更是改建得富丽堂皇。

有一天，一位广东客人给马子才捎来了陶生的书信，他打开看后十分惊异。信的主要内容是陶生嘱咐姐姐嫁给马子才，可写信的日期，却是妻子去世的当天。马子才忽然想起，那次在园中与陶生对饮，到现在刚好四十三个月。

他把信拿给黄英看，黄英看完也没表示反对，二人便商量起婚礼之事。

马子才问起聘礼的事，黄英说不用这么麻烦。马子才觉得虽然家贫，但礼数不可少，非要给黄英的父母下聘。

"没有聘礼你就不娶媳妇了吗？"黄英问马子才。

马子才也就不再坚持，况且自己的确也没什么能拿得出手的礼物。

黄英觉得马家的老房子太过简陋，想让他搬到自己的宅子里住。可是马子才不愿意，说不想让人以为自己是上门女婿。黄英也没有强求。两人选了良辰吉日，就在马子才家拜堂成亲了。

婚后，黄英让人在两家院子的墙上开了个小门，方便她每天过去督促仆人种菊花。可是日子长了，马子才觉得自己依靠妻子的钱过日子不光彩，便嘱咐黄英各立账目，以防混淆。

黄英嘴上答应，但家中所需的一应物件，还是从南宅拿来使用。不出半年，马家所用的便全都是陶家的物品了。

马子才派人一件一件地送了回去，并告诫仆人，不要再拿南宅的东西了。可不到十天，那些物件又回来了，来回几次，马子才十分苦恼。

黄英调笑他："你这样追求高洁，不觉得辛苦吗？"

马子才觉得有点惭愧，便不再过问，任凭黄英所想所为。黄英又召集工匠，置备建材，准备大兴大建。马子才知道自己说了不算，索性就不再说，任由黄英施为，几个月下来，两座院子就连成一片了。

马子才总是劝黄英："你已经挣了这么多钱，差不多就行了。"

这一回，黄英倒是没有再坚持，而是关门歇业，不再做菊花生意，安心地在家过起了日子。但此前卖菊花积累的万千家财，让一向清贫的马子才很是不安。

他抱怨说："我三十年养成的清高之风，都被你连累了。"

黄英问："那怎么办？"

马子才说："如今我像个吃软饭的，传出去一定会被人耻笑。"

黄英又问："那你说怎么办呢？"

马子才说："所有人都想着发财，咱们还是赶紧变穷点儿吧。"

黄英正色说："我并不是贪得无厌之人，但如果没有财富，会让人笑话我们菊花的祖先陶渊明先生是穷骨头，所以我才要给陶公争这口气。再说，由穷变富难，由富变穷还不容易吗。从今以后，咱家的钱任你挥霍，我决不拦着。"

马子才叹息说："花别人的钱也是很丢人的。"

黄英无奈地说："既然你不想富，我又不愿穷，那咱俩只能分居了。让清高的兀自清高，让浑浊的依旧浑浊吧。"

马子才当场表示没问题。黄英就让人在园子里给他盖了间茅草屋，还特意选了个漂亮的奴婢去侍候他。马子才似乎住得很是安心。

可是才过了几天，马子才就开始想黄英，便派人去叫她。可是黄英不肯来，马子才没办法，只好自己回去找她。如此隔一宿去一趟，自己觉得还挺有趣。

黄英嘲讽他说："清高的人，怎么会在东边吃饭，又在西边睡觉呢？"

马子才自己也笑了，想想的确是自己太过迂腐，只好又默默地搬了回来。

这年秋天，马子才有事到金陵去。正是菊花盛开之时，路过花市，他看见里面有很多品种奇特的菊花，看起来非常熟悉，就怀疑这些花是陶生种出来的。

马子才驻足观赏，等花店主人出来一看，果然是陶生。两人都特别激动，坐在一起说了很多话。晚上，马子才住在陶生的花圃里，他请陶生跟他一起回顺天。

陶生婉拒说："金陵是我的故土，我要在这里娶妻生子。"

马子才说："你姐姐很想念你。"

陶生说："我攒了一点儿钱，烦你捎给姐姐，等年底不忙了，我会去你家住几天的。"

马子才说："咱家现在有的是钱，你跟我回去，在家中坐享清福吧，不须再做什么买卖了。"

他擅自为陶生做了安排。第二天早上，叫仆人替陶生把花都贱卖了，又逼着陶生准备行装。陶生无奈，只好跟着马子才租船一起北上。

两人一进家门，黄英已收拾好了一间屋子，床榻被褥崭新齐备，好像早知道弟弟要回来。

　　自此，陶生和马子才每日下棋、对饮，好不自在。只是陶生似乎不愿再结交别人，连马子才为他择偶娶妻，都坚决推辞。身边只有两个婢女服侍起居，过了两三年，竟然为其生了一个女孩。

　　陶生素来善饮，马子才从未见他喝醉过。马子才有个朋友曾生，也是海量，于是，马子才就想让他俩拼拼酒量。有一天，曾生上门，与陶生相见，放量豪饮，喝得非常痛快，觥筹之间，只恨相识太晚。

　　三人从早上一直喝到夜里四更天，每人都干了上百壶酒。曾生喝得烂醉如泥，瘫睡在座位上。

　　陶生起身回房睡觉，一出门就踩到了菊畦上，一个跟头摔倒，衣服散落一旁，整个人变成了菊花，竟有一人那么高，开着十几朵花，朵朵都比拳头大。

　　马子才吓坏了，急忙跑去告诉黄英："快去看看！你弟弟变成菊花了。"

　　黄英赶到菊畦，拔出那株菊花放在地上，对着那菊花说："怎么醉成这样了！"她把衣服盖在菊花上，叫马子才和她一起回去，告诉他不要再来看了。

　　天亮后，他俩又一道来到菊畦，见陶生仍睡在地上。马子才这才知道陶家姐弟都是菊花精。不过，陶生自从知道暴露真身后，饮酒越发无度，常常叫曾生来家，醉生梦死，两人还结为莫逆之交。

　　一日，恰逢花朝节。曾生带着两个仆人，抬着一坛用药浸过的白酒，来拜访陶生和马子才。三人约定要把这坛药酒喝完。

可是三人的酒量太大，一坛酒很快就喝光了。看陶、曾两人还没有醉意，马子才又偷偷拿来酒装满坛子。等二人再次喝光后，曾生已经醉得不省人事，马子才就让仆人把他背了回去。

陶生则躺在地上，又变成了菊花。

马子才见多了也不再恐慌，学着黄英的方法把他拔了出来，守在一旁观察。过了一阵儿，那花却渐渐枯萎，马子才害怕了，急忙跑去找黄英。

黄英惊恐万分，急忙跑去看，等赶到时，菊花的根已经干枯了。

她悲痛欲绝，掐了它的梗，埋在盆中，带回房间，每天精心照料着。

马子才悔恨万分，在心里很是怨恨曾生。几天后，他听说曾生醉死了，而黄英房中那盆中的花梗，却恰好发出了芽。他不禁悲欣交集，唏嘘万千。

那株菊花在当年九月就开了花，花瓣是粉红色的，透着一股酒香。马子才为它命名为"醉陶"，每天闲来无事，就陪"醉陶"聊天说话。

陶生的女儿长大成人后，嫁给了一个世家子弟。

黄英和马子才白头偕老，可是马子才一直到死，也没见黄英变过一次菊花。

绿衣女

　　书生于璟，字小宋，山东益都人。

　　于璟年轻时，曾在邹平西南长白山中的醴泉寺里读书。

　　有天夜里，他刚刚点上火烛，打算彻夜苦读，忽然听见窗外传来女子的赞叹声："你可真是个勤奋的人啊！"

　　于璟心中生疑，这深山古寺之中，哪里来的女子？

　　正当他疑惑之时，女子已然推开屋门，走了进来。她面带微笑，眉目含情地看着于璟说："公子读书，真的很用功啊！"

　　于璟赶紧站起来，细细打量面前这位女子。

　　她身穿绿色长衣裙，婀娜多姿，婉妙之极。

　　于璟心中暗想，这等尤物，人间罕见，怎会在此出现？听闻山中有妖精鬼怪，莫非她就是？于是，故意盘问她家住哪里。

　　"公子，你看奴家这柔软的身子，像是会咬人、吃人的怪物吗？公子何必如此刨根问底呢？"那女子这般答道。

　　于璟听闻女子这番话，觉得也有道理。长夜寂寞，面对如此尤物，他自然难免有些春情萌动。

　　又见她如此曼妙的身姿，于璟忍不住想入非非，言语之间就轻薄起来。女子也不生气，一番调情后，两人便一起来到卧榻前。

那女子轻轻解开自己的衣服，体态妖娆，纤细的腰身竟不满一握。于璟顿觉口干舌燥，浑身热气蒸腾。

一番缠绵自不必说。

夜将尽，天欲亮时，那女子才起身，如烟如雾，飘然离去。

自那日起，女子每夜都会来醴泉寺，与于璟相会。

有天晚上，于璟正与绿衣女子一起吃酒、聊天。他忽然觉得女子说话的声音如音乐般美妙，便对她说："你的声音如此甜美悦耳，如果能够唱一曲助兴，定能让人销魂。"

女子笑着说："要果真是这样，我可不敢唱，怕是真要销了公子的魂，可怎么办呢。"

于璟仍然坚持让女子唱一曲。

"不是我不愿意唱给公子听，实在是怕有外人听到。"绿衣女子推脱说。她越是如此说，于璟越是想听。

他说："这深山之中，哪里来的外人？"

绿衣女子实在无法推脱，就说："如果公子执意要我唱的话，那我就献丑了。可是我只能轻轻地唱，助点小兴就可以了，好吗？"

说完，她便用自己纤巧的小脚，轻轻地磕打着床腿，清唱了起来：

> 树上乌臼鸟，赚奴中夜散。
> 不怨绣鞋湿，只恐郎无伴。

绿衣女子唱歌的声音轻声细气，如同虫鸣一般。非要静下心来听，才能辨出音乐的旋律。可当于璟侧耳细听时，却听到那声音曲折委婉，婉转清亮，动人心弦。

绿衣女子唱完后，立即起身，打开房门向外张望。随即心神不宁地说："怕是窗外有人偷听。"

说完此话，依然不放心，又绕着屋子查看了一大圈，才重新回来坐下。

于璟不解地问："只是唱个歌而已，你怎么会怕成这样？"

女子笑着说："俗话说，'偷生鬼子常畏人'。你是七尺男儿，自然不怕，可我是女子，万一传出去了，还怎么做人？"

于璟自然知道这是托词，但也不再追问，就说："且莫管别人了，夜半无人，正是枕边私语之时，我们还是不要浪费了。"

当两人又要共度春宵时，忽然，绿衣女子似乎觉察到什么，脸上露出机警的神情，一脸悲伤地对于璟说："我们的缘分，难道真的要到此为止了吗？"

于璟不解，询问绿衣女子缘由。

女子伤怀地说："我的心跳动不安，恐怕要大祸临头了。"

于璟赶紧安慰她说："心动眼跳，都是很平常的事，你怎么能有这样的想法呢？"

女子听了于璟的话，紧张的心情稍稍缓释，两人便重新亲热起来，整晚都没有休息。

天快亮的时候，女子起床穿好衣服，刚要去开门，又犹豫着返回来说："不知为什么，我心里总是忐忑不安，有点害怕。公子还是送我到门外吧。"

于璟立刻起床，将女子送到门外。

女子又说："公子，你站在这里看着我，等我跳到墙那边后，你再回去好吗？"

于璟摸了摸她的脸说："放心吧，我就这样看着你离开。"

他默默地站在门外，盯着女子穿过房廊，一下子就看不见人了。他正想回房间去睡觉，忽然听到有女子急切求救的声音。

于璟赶紧循着声音跑过去，但环顾四周，并未发现人影。

他仔细地倾听，求救的声音似乎是从房檐那里传来的。

他循着声音走到房檐下，抬头细细查看，见到一只弹丸大小的蜘蛛，正奋力地捕捉一只飞虫。那只飞虫正在蛛网里拼命挣扎，并发出声嘶力竭的哀叫声。

于璟急忙扯开蜘蛛网，把网里的飞虫救出来，小心翼翼地帮它清理缠绕在身体上的蜘蛛丝。

等他清理完蛛丝后才发现，蛛丝束缚的，竟然是一只绿色的小蜂，此刻已经奄奄一息。

于璟将那只绿色的小蜂带回房间，把它放在自己的书桌上。清晨的阳光透过窗户照进来，照在小绿蜂的身上，晶莹剔透，细微的绒毛闪闪发亮。

于璟焦心地看着它，唯恐它不能渡过此劫。幸好，过了好一会儿，小绿蜂缓缓苏醒过来，触角微微抖动着。

又过了一阵，它就能爬起来，颤巍巍地动了。

于璟见它慢慢地爬到砚台上，用身体蘸满墨汁，又回到桌子上，在桌面上蜿蜒爬行。眼前出现的一幕，惊住了于璟。

小绿蜂竟然用自己的身体，蘸了墨汁在桌面上写出来一个"谢"字。

于璟连忙站起来，冲着小绿蜂行礼说："无须如此。"

那只绿色的小蜂张开双翅，飞起来，围着于璟转了几圈，又在他眼前连续扇动了多次翅膀，这才恋恋不舍地从窗户飞了出去。

自那以后，绿衣女子再也没有出现。

于璟非常想念她。

捧读文化
触及身心的阅读

出 品 人　张进步　程　碧

责任编辑　徐楚韵
执行编辑　吕思航
封面插画　虫创纪文化
装帧设计　WONDERLAND Book design
　　　　　仙境 QQ:344581934
内文排版　张晓冉